ŒUVRES POÉTIQUES

D'ÉMILE NÉGRIN

TOME VII

LES POÉSIES LIRIQUES

Septième Édition

CORRIGÉE ET AUGMENTÉE

1874

ŒUVRES POÉTIQUES

D'ÉMILE NÉGRIN

TOME, VII

LES POÉSIES LIRIQUES

—

Tout vers qui, mis en prose, ne peut supporter l'analise,
est un certificat de folie.

—

ŒUVRES POÉTIQUES

D'ÉMILE NÉGRIN

TOME VII

LES POÉSIES LIRIQUES

Septième Édition

UNE DERNIÈRE FOIS CORRIGÉE

1874

Nice, à l'Imp· Verani et C·, boulevard du Pont vieux, 32.

ODE I

L'ILE SAINT-HONORAT

—

Le vent siffle aux cordes ; du large,
Comme des coursiers à la charge,
De gros nuages menaçants
Surgissent, montent et s'entassent ;
De temps en temps des éclairs passent,
Et passent aussi des goilands. (1)

Quelle terre au loin se dessine ?
Pas de vallon, pas de colline ;
Des rocs, frangés d'écume, ont l'air

De la gigantesque denture
D'un monstre qui cherche pâture
Sur l'immensité de la mer.

C'est l'île sainte, l'île Plane
Qui conserve loin du profane,
Parmis les ronces et les buis,
Ses tombeaux, ses tours crénelées,
Son cloitre aux voûtes écroulées,
Son champ où Dieu creusa le puits ;

Et sa colonne de porphire
Dont les tronçons n'ont pu suffire
A supporter le poids des ans,
Et son palmier de la légende
Dont le front tout courbé demande
Une fois de petits enfants;

Et son rosaire de chapelles
Qu'en procession les fidèles
Venaient suivre, et les murs noircis
De sa vieille, si vieille Eglise
D'où l'himne a fui devant la bise,
Squelette dans la poudre assis.

Timonier, pèse sur ta barre,
Pendant qu'on serre chaque amarre,
Double cet azile des morts ;
Vous n'y trouveriez pas de plage
Au doux sable où l'atterrissage
Peut se faire sans durs efforts.

Qu'importe qu'en ce monastère
Tant de saints aient usé la haire
Que leur troupe remplit les cieux ?
Rien de vous ne les intéresse,
Ils se moquent de la détresse
De qui n'a pas d'autel pour eux.

Tourne vers Cannes ta goilette :
Contre la terrible tempête
Canne est abritée avec soin,
Et vous ne craignez plus qu'un More
Comme autrefois y guéte encore
La chaloupe, le sabre au poing.

                        Cannes, 1851.

ODE II

LA PREMIÈRE EXPOSITION UNIVERSELLE

—

Qui rendra la vie à tes bardes
Pour chanter l'éclat de ces jours,
Albion ? Leurs voix montagnardes
Se taisent-elles pour toujours ?

Aucun Ossian, qui s'inspire
De la bruyère aux gris rameaux.
N'arrachera-t-il une lire
A la poussière des tombeaux ?

Qu'en l'honneur de votre Bretagne,
O Byrons, vos mâles refrains
Courent comme un air qu'accompagne
La grande orgue des flots marins :

Chantez, de sa splendeur réelle
Faites tous retentir ses bords :
Le monde a les regards sur elle,
Le monde applaudit ses efforts.

Quel est ce palais magnifique
Où le cristal et le vermeil,
Se disputent tout le portique,
Qui rayonne comme un soleil ?

Est-ce un caprice d'une fée
Qui l'a fait surgir en ce lieu ?
Est-ce l'éblouissant trophée
De quelque victoire de Dieu ?

Non, c'est l'autel que l'Industrie
Dresse à notre Génie humain :
Au lieu d'encens, chaque patrie
Offre les travaux de sa main.

Aimons ces luttes pacifiques
Où la sombre Mort n'accourt pas,
Où les Muses mithologiques
Prêtent l'arme pour les combats.

Plus de fratricides batailles,
Plus de coursiers aux fers sanglants,
Plus de bronze sur les murailles
Ni sur le dos des océans.

Albion, tu donnes l'exemple,
Tu cesses les divisions ;
Ton sol est devenu le temple
Des chefs d'œuvre des nations :

Sois bénie et riche de gloire,
Pour cet exemple ainsi donné ;
Sois bénie, et que par l'Histoire
Il te soit beaucoup pardonné.

Cannes, 1851.

ODE III

VISION

—

C'était l'instant où sur la terre
Tout se tait, tout est solitaire :
La nuit pesait sur nos vallons,
L'oiseau des funestes augures
Veillait seul au fond des mazures,
Et le remord dans les prisons.

Et moi poète, à la fenêtre,
Je rêvais aux secrets de l'être,
Aux mistères de l'infini,

A la splendeur de ce grand voile
Tendu sur nous, où chaque étoile
Est le point d'or que Dieu cousit.

Et tout à coup, de noirs fantômes,
Aussi drus qu'en l'air les atomes,
Envahirent les grands chemins,
Aux lueurs d'une pâle flamme
Firent je ne sais quoi d'infâme,
Et puis se prirent par la main ;

Et puis, dans une ronde immense,
Ils dansèrent tous en cadence,
Avec un effroyable bruit ;
Et leurs têtes tourbillonnèrent,
Et leurs cris rauques s'élevèrent,
Jusques à l'heure de minuit.

Et lorsque, au milieu des ténèbres,
La cloche de ses coups funèbres
Fit douze fois vibrer les monts,
J'entendis, à travers l'espace,
Comme la rafale qui passe,
Siffler en fuyant les démons.

Cannes, 1851.

ODE IV

LA PIPE

—

Allons ! ma pipe, un peu de ta fumée, (2)
Viens m'enivrer de tes âcres odeurs ;
Mieux que le vin, ma pipe bien-aimée,
Tu fais à l'homme oublier les labeurs.

Lorsque je suis, dans sa marche inégale,
Ce flot d'azur que ton foyer vomit,
Qui se balance en légère spirale,
Qui monte, monte et puis s'évanouit,

Tantôt je rêve une palme guerrière :
Sur des débris flotte mon étendard,
Et sous mes pieds, le front dans la poussière,
Des rois vaincus implorent un regard ;

Tantôt je rêve un laurier poétique :
Le siècle a fui, ma lire vibre encor,
Et l'avenir sur le marbre historique
Grave mon nom en belles lettres d'or ;

Tantôt je rêve un être au doux sourire,
Fleur du bon Dieu qu'orne la chasteté,
Ou bien un sein qui palpite en délire
Contre ma bouche âpre à la volupté ;

Tantôt je rêve, au fond d'un grand domaine,
Un Alhambra pavé de marbres blancs,
Où de *Vernets* ma chambre serait pleine,
Où par milliers j'aurais des serfs tremblants ;

Tantôt je rêve une simple bastide
Où ma main soigne et poules et pigeons,
Où, sans tracas, comme un ruisseau limpide,
Coule ma vie entre deux anges blonds.

Et tant qu'aux cieux se deroule et s'élève,
En tournoyant, ta joyeuse vapeur,
Pipe mignonne, ainsi dans chaque rêve
Mon âme trouve un idéal bonheur.

Lance-moi donc un peu de ta fumée,
Enivre- moi de tes âcres odeurs,
O toi qui fais, ma pipe bien-aimée,
Mieux que le vin oublier les labeurs.

Cannes, 1852.

ODE V

UN ÉLU POPULAIRE

—

Ils étaient beaux les jours où la terre attentive, (8)
Des glaces de Russie à l'Hispanique rive,
Dans sa course suivait le moderne géant,
Lorsque triomphateur en de guerrières fêtes,
Il savait abaisser les plus superbes têtes
    Devant son char de conquérant ;

Que ses soldats, noircis encor par la cartouche,
Sur la pourpre des rois se taillaient une couche ;
Que l'Europe à son gré devait se morceler ;

Que son aigle, planant sur les débris des trônes,
Aux serres retenait des restes de couronnes
    Qu'elle achevait de lacérer !

On faisait l'impossible, ayant cessé d'y croire ;
Et le maître pour mieux fasciner la Victoire
Empruntait au soleil les feux de son regard ;
Et partout où restait quelque antique muraille,
Nos régiments couraient de bataille en bataille
    Y déployer notre étendard.

Mais ces jours ne sont plus ; dans un fuyant mirage,
Le prisme du passé nous en montre l'image.
On ne fait pas deux fois de telles actions.
Le monde était petit pour notre grande armée ;
Et, malgré quarante ans, est à peine fermée
    La blessure des nations.

Depuis, les passions chez nous se sont dressées ;
Les personnes partout ont été menacées ;
Guerre à l'or, et non plus au féodal manoir ;
Des proscripteurs, tarés sur de grossières listes
Mêlant conservateurs, libéraux, royalistes.
    Ne proscrivaient que l'habit noir.

Des exaltés, quittant l'uzine pour la rue,
Prétendaient qu'à la fin leur heure était venue,
L'heure où tout à leur gout devait se rebatir;
Ils ne comptaient pour rien la science qui brille :
Et lois, patrie, autel, propriété, famille,
     Leur flot allait tout engloutir.

Le Dieu juste, le Dieu qu'implore l'innocence,
Devait-il cette fois laisser tomber la France
Dans ce gouffre creusé par l'aveugle fureur?
Non, d'avance il avait rompu les lourdes chaines
De celui qui devait, bravant toutes les haines,
     Etre un second libérateur.

Tu parus... et soudain les chefs de populace,
Mangeurs inassouvis, rentrèrent à leur place,
De même que la foudre, au pays de Memnon,
Lorsque son bruit roulant remplit les vastes sables.
Fait rentrer les vautours, mangeurs insatiables,
     Dans les flancs crevassés du mont.

Et la société maintenant dort tranquille ;
Le bronze a parcouru chaque rebelle ville ;
En province a cessé l'insulte au citoyen ;

Si le tigre dompté gronde au fond de sa cage,
C'est toi qui nous défends, nous rions de sa rage.
    Notre sort est tout dans le tien.

Et pour consolider l'œuvre de délivrance,
Des partis terrassés pour briser l'existence,
Pour qu'un principe sûr ramène le bonheur,
Pour qu'un clair horizon à nos ieux se déroule,
Tu proposes l'empire à la foule ; et la foule
    Aussitôt t'acclame empereur.

Huit millions de voix ! quel éloquent suffrage !
Aussi, par toi sauvés d'un contrecoup d'orage,
Les monarques voisins approuvent notre vœu.
Sois donc, sois empereur, et de l'ardent génie
Qui resta surhumain jusqu'en son agonie,
    Sois pour nous le digne neveu.

Mais, comme lui rêvant une immense épopée,
Si tu prends dans tes mains notre invincible épée,
Vas-tu faire voler les sceptres en éclats ?
Héritier de son nom, l'es-tu de son délire ?
Vas-tu nous rendre au loin les marches qu'on admire ?
    Vas-tu nous rendre les combats ?

Oh ! c'est assez. Chez nous trop de noms retentissent,
Trop souvent nos Brennus ont un fer qu'ils brandissent :
Laisse d'autres glaner après notre moisson :
La France, écoutant trop une humeur vagabonde,
La France a déchiré les entrailles du monde :
     Laisse un peu dormir le lion.

Qu'une durable paix enfin nous régénère,
Qu'on rende moins amer le pain de la misère,
Que les arts donnent seuls l'aliment aux esprits,
Que plus d'instruction fasse un peuple à ta taille,
Que les gens de mérite et non la valetaille
     A ta cour soient les favorits.

Alors tu seras grand, plus grand que dans les guerres ;
Ton nom sera bénit des vierges et des mères :
Et, des travaux civils comme des fiers canons
Ta race ayant tiré l'auréole de gloire,
Nos enfants pourront dire en traçant notre histoire :
     Le siècle des Napoléons !

                         Cannes, 1852.

ODE VI

LE NOUVEL AN

—

Encore un an qu'un souffle de la tombe
Vient d'enfouir sous la cendre des morts,
Pan de granit qui sur lui même tombe,
Vaisseau qui sombre en une mer sans ports !

Qu'y faire ? Hélas ! le vieillard aux guenilles
Court nous frapper partout où nous courons ;
L'affreux vieillard moissonne les familles
Comme les ans, comme les nations.

Hé bien ! laissons passer, passer la foule :
Les ieux fermés, poursuivons nos désirs :
Et qu'à nos pieds ce torrent qui s'écoule
Gronde et jamais ne trouble nos plaisirs.

Laissons mourir les siècles et les hommes,
Sans murmurer attendons notre tour,
Et pour masquer le péril où nous sommes
Cueillons encor une rose en ce jour.

Buvons encor, la coupe de la vie
S'épuisera bien vite en notre main ;
Buvons encor, nous touchons à la lie :
Qui de nous sait si nous serons demain ?

L'année a fui dans la nuit éternelle,
Mais oublions ce qu'elle nous a pris,
Puisque le temps apporte sur son aile
Une autre année : après les pleurs, les ris.

Salut, salut ! Nouvel An qui commences,
Qui viens à nous les doigts remplis de fleurs,
Toi qui promets un baume à nos souffrances,
Un terme au rêve, une palme aux labeurs !

L'espoir fait vivre, et l'espoir tu le donnes ;
Chargé de biens quand tu descends des cieux,
Déjà le pauvre a pu voir les couronnes
Que tu mettras sur le front des heureux.

Bel inconnu que j'invoque et j'admire,
Toi qui de Dieu répartis le trésor,
Vas-tu pour moi détruire quelque empire
Et parsemer ma route de son or ?

Ou bien vas-tu dans ta marche rapide,
En m'entrainant avec toi pour toujours,
Briser mon cœur comme un calice vide,
Faire envoler la gloire et les amours ?

N'importe, enfin ! que je vive ou je meure,
De ton arrêt tu me verras content.
Au Nouvel An ouvrons notre demeure,
Embrassons-nous, salut au Nouvel An !

Cannes. 1852.

ODE VII.

CAMÉLIAS ET RONCES

—

Un soir, prête à quitter sa borne habituelle,
    Une femme en haillons
Parlait au petit chien qui jappait devant elle
    Avec de joyeux bonds.

« Oui, j'aime tes abois : Ils font à ta maîtresse
    Oublier les malheurs.
Je veux ainsi que toi rire de ma détresse,
    Car je n'ai plus de pleurs.

Il fut un temps prospère où l'amour à ma chaine
    Attachait les puissants :
Aujourdhui sur mon sort la pitié peut à peine
    Attendrir les passants.

J'ai vidé bien des fois ma bourse aux pièces jaunes
    Pour un désir léger :
Aujourdhui nous mangeons le pain noir des aumônes.
    Si nous voulons manger.

Mon cœur ivre battait sous le satin ; la gaze
    Protégeait mon sommeil ;
Des serviteurs soumis comme un Russe à l'ukase,
    Attendait mon réveil :

Et maintenant, ici, sous ces piètres guenilles,
    Mon corps tremble de froid ;
Ce que je gaspillais en coûteuses vétilles
    Nous donnerait un toit.

J'avais dans mon palais un brillant équipage,
    J'avais un riche écrin,
J'avais des mets venus de plus lointain rivage,
    J'avais les crûs du Rhin :

Et maintenant, du fat qui rampait à ma porte
      Le fils avec dégout
Me fuit comme il fuirait les saletés qu'apporte
      Une ondée à l'égout.

Toi cependant, ami fidèle, tu t'empresses,
      Malgré mes cheveux gris ;
Tu n'a jamais voulu mesurer tes caresses
      Au luxe des habits.

O mon pauvre animal, jappe donc d'allégresse ;
      Oublions nos malheurs ;
Je veux, ainsi que toi, rire de ma détresse,
      Car je n'ai plus de pleurs. »

Or, quand le jour revint, autour de cette borne
      Les propos s'étaient tus ;
Le chien était bien là, mais solitaire et morne
      Le chien ne sautait plus.

Cannes, 1852.

ODE VIII

LE MOIS DE MARIE

Mai commence. Les jeunes vierges
Dont la Vierge attire les cœurs,
Dans l'église allument des cierges,
Et sur l'autel rangent des fleurs.

Et chaque soir, sous la nef peinte
L'orgue éveillant de doux écos,
Elles chante leur himne sainte
Dont j'ai retenu quelques mots.

« O source des pures délices,
Nous t'implorons à deux genoux :
A travers les écueuils des vices
Et les noirs méchants guide-nous.

Quand les vents déchirent les voiles
Et renversent les matelots ,
C'est toi d'étoiles en étoiles
Qui descends calmer les grands flots.

Ainsi, des luttes de la vie
Rends toujours notre effort vainqueur :
Et vers toi toujours, ô Marie,
Nos voix s'élèveront en kœur.

Car ta prière à mille charmes,
Ta prière est un divin miel,
Ta prière sèche les larmes,
Ta prière est l'aube du ciel.

Tes flancs trois fois sacrés portèrent
Le Christ, et les anges aux cieux
Encor vivante t'enlevèrent :
Qui pourrait nous protéger mieux ?

Ton nom fut joint par notre mère
Au premier baiser du berceau ;
Qu'il soit joint au glas funéraire,
Qui nous suivra jusqu'au tombeau. »

Et chaque soir je vais entendre
Ces groupes aux pieux accents :
L'homme rude se sent plus tendre
A l'odeur du mistique encens.

Mai s'achève. Les jeunes vierges
Dont la Vierge a gagné les cœurs
Dans l'église éteignent les cierges,
Mais sur l'autel laissent les fleurs.

Cannes, 1853.

ODE IX

LA CIGALE

—

La cigale qui claquette
    Sur le faite
Du gigantesque olivier,
Je l'aime autant que l'aronde
    Rasant l'onde
Avec son cri printanier,

Ou la siffleuse mésange
    Que dérange
Le simple pas d'un rêveur,

Ou le pinson à la note
    Claire et haute,
Ou le serin gazouilleur.

Cette cigale que j'aime
    Est l'emblème
De la reine des saisons ;
Sitôt qu'on l'a pour compagne,
    La campagne
Va prodiguer tous ses dons :

Les verts légumes, les roses
    Frais- écloses
Aux baisers des tièdes nuits,
Les gerbes qu'on voit défaire
    Dans chaque aire,
Les pastèques et les fruits. (4)

On ne se sent pas bien vivre,
    Quand le givre
Recouvre les tristes champs,
Quand le froid et la misère
    Ont fait taire
Aux mansardes les enfants,

Juin et juillet au contraire
        A la terre
Donnent les jours doux et longs:
Or, tant qu'un de ces jours brille
        La famille
Sent moins les privations.

Aussi pour moi la cigale
        Est l'égale
Du suave rossignol :
Le fin chanteur nous délecte,
        Et l'insecte
Prouve la chaleur du sol.

Papillon et sauterelle,
        Pliant l'aile,
Cachent leurs corps à midi ;
Elle, à midi plus contente,
        Plus fort chante,
Sans chercher aucun abri.

Dans la goutte de rosée
        Irisée
Est le frais pour le faucheur ;

Mais il est pour la cigale
    Estivale
Dans la goutte de sueur.

L'été, sur quelque âpre site, (5)
    Je médite
Par fois, devant notre mer :
L'humus est sec sous la pierre,
    La lumière
Resplendit comme au désert,

A mes pieds la fourmi rôde,
    L'ombre chaude
Des pins au tronc résineux
Du soleil me gare à peine,
    Et l'haleine
Des zéphirs se tait aux cieux.

C'est alors que la cigale
    Me régale
De son couplet persistant,
Elle seule a le courage
    Qu'au bocage
N'a plus l'oiseau haletant.

Le soir, en rentrant à Cannes
      Sur leurs ânes,
Les faneuses du Suquet, (6)
Prédisent belle l'aurore
      Lorsqu'encore
Persévère son caquet.

Et voilà pourquoi je l'aime,
      Je crois même
Que du poète elle est sœur :
Comme lui, dans les clairières
      Des bruyères
Elle trouve le bonheur ;

Comme lui peu remuante,
      Elle chante
A son goût, au plein soleil.
Elle est comme lui plus sûre
      Sans parure
Et sans pompeux appareil.

Et cigale mignonnette
      Et poète
Ont donc même passion :

L'une dès qu'un doigt la frôle,
    Ou s'envole
Ou met fin à sa chanson :

L'autre, s'il perd dans les chaînes
    Les aubaines
De sa chère liberté,
Ou brise son luth de honte
    Ou remonte
Près de la divinité.

Cannes, 1853.

ODE X

LA MER DE CANNES

—

Quelle mer digne de Pétrarque !
Le matin, j'aime à voir la barque
Effleurant ce lac de saphir :
La tartane qui se balance,
Ainsi qu'une ondine et s'élance
Vers le large, au premier zéphir ;

Les dauphins joyeux dont les bandes
Se livrent à des sarabandes
Aussi loin que va le regard :

Les rides des naissantes vagues :
Les pêcheurs tirant les madragues
Qu'alourdit l'anchois frétillard.

Le soir, j'aime dans la mâture
La voix du mousse qui murmure
Les ballades de son pays ;
La jetée où descend la brume,
Où sous les rocs frangés d'écume
L'alcion cache ses petits.

La nuit, j'aime la pâle lune
Éclairant les joncs de la dune (7)
D'où l'orfraie a repris l'essor :
Et les avirons qui s'élèvent,
Tombent à la fois, et soulèvent
Des milliers de paillettes d'or :

Et l'ombre brusque d'un nuage :
Et ce long soupir de la plage
Qui cause de vagues terreurs :
Et ces coquilles dont la nacre
Brille sur l'algue à senteur âcre,
Comme une perle sur des fleurs...

Pour moi toujours ma mer est belle ;
Mais surtout ce que j'aime en elle
Et vais contempler plus souvent,
C'est lorsque colosse sublime
Elle se tord dans son abime,
Et rugit sous un coup de vent.

Cannes, 1853.

ODE XI

LARMES FILIALES

—

Mater cara, jaces æternæ mortis in agro,
Natorum verò pectore vivis adhùc.

I

Seigneur, sur ce grain de poussière
Que votre talon fit surgir,
Comme en proie à votre colère
Pourquoi naître, vivre et mourir ?

Pourquoi faut-il que les alarmes
Composent notre court destin ?
Que sans cesse de tièdes larmes
Arrosent le morceau de pain ?

L'homme des démons est-il frère ?
Est-il un être abandonné ?
Dans les entrailles de sa mère
Est-il d'avance condamné ?

Sous la rose il trouve l'épine ;
Sous les dignités, les labeurs ;
Sous le fier monument, la ruine :
Sous les ris mêmes, les terreurs.

Et dans cette carrière étrange
Où la gaîté prend peu de part,
Nous passons comme une phalange
Dont la mort porte l'étendard.

Au buis vert des réjouissances
La Mort joind l'arbre du malheur :
Elle termine nos souffrances
Par une suprême douleur.

II

Qu'ils doivent être grands vos trésors d'harmonies,
Seigneur, que vos bontés doivent être infinies,
       Pour récompenser vos élus !
Que vous devez avoir de pures allégresses,
A fin de racheter dignement nos détresses,
       Lorsqu'ici nous ne serons plus !

Oh ! vous devez avoir dans vos soleils splendides
Une paix inconnue aux peuples homicides,
       Une mistique volupté,
Des transports réservés aux séraphins, aux anges,
Aux vierges, aux prélats qui chantent vos louanges
       Durant toute l'éternité.

Il faut bien que le sage, en proie aux sombre haines :
Que le martir, chargé de volontaires chaines :
       Que les filles de saint Vincent

Qui, loin des fleurs du monde allant chercher la ronce,
Aux vils blasphémateurs opposent en réponse.
        Leur admirable dévoûment ;

Que cet infortuné, croyant parcequ'il souffre,
Tandisque les heureux voient dans la fosse un gouffre
        Au bout de l'existence ouvert ;
Que tous ceux pour lesquels la coupe est trop amère,
Pour lesquels les plaisirs se comptent sur la terre
        Comme les ombres au désert :

Il faut bien, ô mon Dieu, que tant de créatures,
Héros de votre foi brisés par les tortures,
        Puissent enfin ouvrir leur cœur,
Entendre enfin sonner l'heure de la justice,
Et savourer enfin la réelle délice
        Qu'il doit payer toute ferveur.

Sans cela, contre vous l'impie aurait des armes,
A quoi pourrait servir ce baptême de larmes
        Qu'un rude sort nous a donné ?
C'est lorsque vous aimez de votre amour immense
Que frappe votre bras ; par votre providence
        Job sera toujours pardonné.

Oui, Seigneur, oui sans doute au malheur on pardonne ;
Chaque peine ici-bas nous vaut une couronne
   Dans votre royaume divin ;
Devant le repentir tous les crimes s'effacent ;
Et jamais vos pasteurs à l'autel ne se lassent
   De faire du pécheur un saint.

Et celle qui jadis, sur ma couche légère,
M'apprit à bégayer ma petite prière,
   Faite de votre nom si doux,
Qui sans cesse a senti de pénibles souffrances
Transformer tous ses jours en lourdes pénitences,
   N'est-elle pas auprès de vous ?

Celle de qui tantot, comme une onde tarie,
Sous mes ieux pleins de pleurs, vient de finir la vie ;
   Celle qu'on abreuva de fiel ;
Qui pour elle au banquet n'eut qu'une coupe amère ;
O Seigneur, ô mon Dieu, celle qui fut ma mère,
   Dites, n'est-elle pas au ciel ?

      Cannes, mai 1853.

ODE XII

CANNES

—

Salut, o ma Terre Promise,
Vieux mont qui portes notre église,
Gais jardins au touriste ouverts
Sables si mous, algues si fines
Dont les exhalaisons salines
Mettent la santé dans les airs.

Salut, vous qui rendez poète ! (8)
Qui n'a pas senti dans sa tête
Germer quelque penser profond

Lorsque sourit la belle plage,
Ou lorsque le mistral fait rage
Au bout du liquide horizon ?

Ou bien lorsque la claire lune
Au pied rocailleux de la dune,
Fait scintiller les flots mouvants
Et que de folles néréides
Semblent sur leurs cimes limpides
S'entrejeter des diamants ?

Oui, Cannes, sur ton sol fertile
Où l'on jouit du droit d'asile
Contre les rigueurs de l'hiver,
Trois choses que chacun acclame
De poésie emplissent l'âme
Les rayons, les bouquets, la mer.

Quel climat, quel séjour d'ivresse !
Naples n'a pas tant de mollesse ;
Madère, pas tant de douceur ;
L'Orient, pas tant de lumière ;
Les savanes, tant de mistère ;
Les oasis, tant de fraîcheur.

Tous ces châteaux où l'or ruisselle,
Et cette villa qui rappelle
L'altier minaret des émirs,
Sur ton éternelle verdure
Forment une vaste parure
De topazes et de saphirs.

Près de tes palmiers qui s'allient
Aux sapins dont les branches plient
Le citron donne ses saveurs ;
Et pour nous sur tes eaux tranquilles
Une fée a posé les îles,
Comme deux corbeilles de fleurs.

Ainsi que de tardives roses
Loin des frimas natals écloses
Sous les baisers de ton soleil,
Que d'enfants qu'un mal de poitrine
Dès le berceau lentement mine,
Chez toi trouvent un prompt réveil !

Chez toi, dans les joyeuses fêtes,
A tes paysannes coquettes
Les œillets servent de gazon

L'oranger sous ses feuilles denses
Abrite mieux chez toi leurs danses
Que le chêne altier du Breton.

Tes champs entiers de tubéreuses
Aux sultanes voluptueuses
Feraient abjurer le Coran ;
Les parfums que ta main en tire
Sont transportés à plein navire
Partout où touche l'océan.

Il te manquait la renommée :
Et, quand le géant de l'armée,
Fuyant l'île d'Elbe, aborda
Sur ton hospitalier rivage,
A ta part du fier héritage,
En ce jour il te l'accorda. (9)

Ainsi, pour ta douce existence,
Chère cité, la Providence
Te ménage tous ses bienfaits.
Tu ris, et d'autres sont souffrantes :
D'autres n'ont que de pauvres tentes,
Et tu regorges de palais.

Cannes, 1853.

ODE XIII

LE MISTRAL

—

D'où vient ce bruit ? Sur les vitrages,
Quels sont ces sifflements sauvages ?
Qui précipite ainsi les airs ?
Dans notre ville printanière,
Quel est ce rideau de poussière
Qui par fois masque la lumière ?
Quel fléau rend les quais déserts ?

Sait-on pourquoi les maisons tremblent ?
Pourquoi les vieux oliviers semblent,
Comme au triomphe d'un rival.

Courber leur gigantesque tête ?
Pourquoi la voix de la tempête
D'écos en écos se répète ?
C'est que Dieu lance son mistral. (10)

Et le redoutable émissaire
Remplit la mission sévère :
On croirait que tous les démons,
Jetant contre l'espèce humaine
Un effroyable cri de haine,
Ne forment qu'une seule haleine
Pour déraciner bois et monts.

Chars, toits, murs, rochers, faites place.
Pour chemin, il lui faut l'espace,
L'espace aux quatre coins des cieux ;
La mer devant lui se replie,
Vagues sur vagues ; la prairie
Se fend ; et la source tarie
N'a plus d'oiseaux harmonieux.

Les mâts des vaisseaux qu'il incline,
Comme l'arche qu'un fleuve mine,
Craquent ; sous son souffle puissant,

La voile plus tôt se déchire
Qu'au cirque un péplon de martire,
Ou qu'un chal d'amante en délire
Sous les doigts fiévreux de l'amant.

Femme, va prier sur la grève,
Remplace un cierge qui s'achève ;
L'abîme est grand, le vent est fort ;
Le marin au loin n'a personne,
Que tes larmes à la Madone ;
Promets un beau calice jaune,
Pour qu'elle l'arrache à la mort.

Plusieurs fois, le soleil au monde
Redonne sa chaleur féconde,
Et toujours gronde le mistral.
Aussi, quand tombe la colère
De cet émule du tonnerre,
Que de débris jonchent la terre,
Digne encens d'un être infernal !

Les durs Attila de l'histoire
Et les Toussaint à face noire
En ont moins semé sous leurs pieds :

Hélas ! gisent dans maint domaine
Mainte branche d'olives pleine
Où l'Iroquois pourrait sans peine
Se creuser des canots entiers.

Abattis, décombres et ruines :
Il a passé sur nos collines,
Comme le simoun autrefois
Sur les phalanges de Cambyse,
Comme la nuée indécise
Sur Gomorrhe au banquet assise,
Comme le mépris sur les rois.

Cannes, 1853.

ODE XIV

LE MASQUE DE FER

—

Pêcheurs qui tirez la madrague,
Ecoutez : le bruit de la vague
Par un autre bruit est couvert
Serait-ce au loin la sainte Baume (11)
Croulant ainsi qu'un toit de chaume?
Non, ce sont les sanglots d'un homme
Qui sanglote plus que la mer.

Ecoutez : quelle triste plainte !
Elle émane de cette enceinte
Dont les grands murs surplombent l'eau.

Ecoutez : que vous dit l'abîme !
« Un roi ronge là sa victime
Comme Ugolin » quel fut le crime ?
Peutêtre le même berceau.

Dans une armure qu'un clou rive
Cet homme à la tête captive.
Est-ce bien un fils de Bourbon ?
Enigme qui fuit d'âge en âge,
Ils ont tout pris au personnage,
Liberté, famille, héritage,
Jusques aux traits, jusques au nom.

Eh ! quoi ! de Sainte-Marguetite
Pêcheurs, vous vous éloignez vite :
Vos avirons boivent les flots.
Tremblez-vous, amis, vous dont l'âme
Ne craind ni l'onde ni la flamme ?
Je comprends : le geôlier infâme
Vous a menacés des cachots.

Reste donc seul, ô mort en vie,
Et sous ce voile où Dieu t'oublie
Laisse parfois couler tes pleurs :

Pleurer soulage ; la paupière
A les pleurs, comme la clairière
A les longs tracés de lumière,
Comme la prairie a les fleurs.

L'hiver, lorsque l'ouragan gronde
Et que bat la lame profonde
Aux flancs de l'abrupte château,
Pour toi c'est un instant de fête
Car c'est l'instant où la mouette,
Cette fille de la tempête,
Voltige à ton triple barreau.

Mais, quand les airs sont diaphanes,
Que là-bas tu distingues Cannes
Assise à l'ombre du palmier,
Que t'arrive la voix lointaine
Des marins, que la baie est pleine
De clartés et de fraîche haleine,
Je te plainds, pensif prisonnier.

Et néanmoins espère, espère :
Le paradis après la terre,
Après l'éclair l'horizon bleu ;

Espère : plus que les planètes,
Plus que les monts aux vastes crêtes,
Plus que les champs de pâquerettes,
Un despote fait croire en Dieu.

Un jour s'ouvre le cimetière
Où déjà sous la froide pierre
Martir et tiran sont égaux,
Et d'où, changeant enfin de rôle,
L'un avec la nimbe s'envole,
L'autre avec l'affreuse auréole
Des rayonnements infernaux.

Alors, alors, ô Masque étrange,
Tu verras, recueillis par l'ange,
Tes pleurs dans un calice d'or ;
Tu verras, pour frapper sans trève
Ce monstre qui sècha ta sève,
Le bras du Christ armé d'un glaive
Flamboyant comme le Thabor.

Ici-bas lugubre est ta gloire ;
Tu domines toute l'histoire ;
Et ta silhouette fait peur ;

Sphinx que nulle bouche ne nomme,
Stigmate éternel d'un royaume,
Tu sembles être plus qu'un homme :
Serais-tu le djin du malheur ?

Ah ! si jamais aux basiliques
L'heure des belles républiques
Sonne comme un joyeux concert,
Pour qu'un roi passé par les armes
N'arrache à personne des larmes,
Entre la foule et les gendarmes
Apparais, ô Masque de fer.

Cannes, 1853.

ODE XV

LE BÉDOUIN A CANNES

—

« Allah, Allah, du désert d'eau
Mon regard est insatiable ;
Mais, quoi que ce désert soit beau,
J'aime mieux mon désert de sable.

« Allah, tu peux m'offrir ton sel,
Car si mon bras porte la chaîne,
C'est que ma cavale d'ébène
Fut tuée aux abords du Tell.

« Allah, Ben-Ali n'est point lâche :
Tu l'as vu, sans sueur au front,
Sans perdre un poil de sa moustache,
Par fois combattre le lion.

« Allah, le Frank pour la conquête
Traînait de lourds canons de fer ;
Et le Croyant, dans sa défaite,
N'est tombé que sous leur éclair.

« Allah, ma bonne carabine
N'avait plus de poudre à manger ;
J'étais au fond d'une ravine
Sanglant, quand me prit l'étranger.

« Allah, je me crois encor digne
De planter ma tente, et de voir
Jouer ma fille avec le cigne
Ou la gazelle à l'abreuvoir.

« Allah, Ben-Ali t'en conjure,
Rends-moi mon sauvage désert
Où l'homme, endormi sur la dure,
S'éveille libre comme l'air ;

« Oui, si tu ne veux que j'expire
Dans cet opprobre de fellah,
Que ta main puissante m'en tire,
M'en tire vite, Allah, Allah. »

Ainsi priait un jeune Arabe,
Et ses ieux suivaient les goilands,
Et ses pleurs coulaient chauds et lents
Sur le roc où glisse le crabe.

Et nos flots, qui viennent d'Alger
Et mouillaient sa large babouche,
De leur voix semblaient prolonger
La voix plaintive de sa bouche.

Ben-Ali rêvait le retour ;
Et, ciel brillant ou noir orage,
Ben-Ali tout seul au rivage
S'en allait prier chaque jour.

Malheureux ! la terre est petite
Comparée au douar natal.
Or l'île Sainte-Marguerite
Est stérile comme l'Oural. (12)

Elle n'a rien des crânes choses
Qu'on admire aux champs Africains :
Ni Mauresque aux lascives poses,
Ni panthère souple des reins,

Ni mirage où l'oasis plane,
Ni fantasia de chevaux,
Ni pittoresque caravane
Aux longues files de chameaux.

Elle n'a pas même l'eau pure
D'un simple puits du Sahara.
Le Bédouin sentait donc là
Étouffer sa forte nature.

Pauvre Ben-Ali ! Très souvent
Il réclamait ses fières armes,
Il avait honte de ses larmes,
Il montrait ses deux poings au vent.

Vain couroux et vaine souffrance !
Les mois succedèrent aux mois ;
Puis il perdit tout à la fois
L'esprit, la santé, l'espérance.

Il languit. Le froid de son cœur
Gagna ses os ; sa noble tête
Se courba, comme la tempête
Courbe le pin sur la hauteur.

Il mourut. Sa femme chérie
Manquait pour lui fermer les ieux :
Est-ce donc un crime odieux
D'avoir défendu sa patrie ?

Les touristes, qui chaque hiver
Se chauffent au soleil de Cannes,
Dans l'île du Masque de fer
Vont voir un lieu plein de lianes,

Plein de lentisques, d'arbousiers
Se mêlant aux bruyères grises,
Aux épais cactus, aux palmiers,
Aux fenouils hauts comme des frises.

En ce lieu, d'agrestes tombeaux
Sont épars sous l'herbe vivace,
Semblables à des nids d'oiseaux
Avant que le faucheur ne passe.

Un tertre pavé de cailloux,
Trois pieux au pied, trois à la tête,
C'est tout le luxe ; mais dessous
Dort un brave fils du Prophète.

Là reposent les ossements
De Ben-Ali. Garde, ô touriste,
D'y troubler les pinsons : leurs chants
Rendent la mort un peu moins triste.

Cannes, 1853.

ODE XVI

LES OLIVETTES

—

Debout ! gentes fillettes,
Le matineux rayon
De lueurs violettes
Couronne le Canlong. (13)

Quittez vite la chambre,
Prenez les grands paniers :
Nous sommes en décembre,
Le mois cher aux fermiers.

Hier, au tour de la ville
A soufflé le Mistral :
Ce sera plus facile
De combler le panal. (14)

Grâces à cette aubaine,
Chacune aura sous peu
Pour la Noël prochaine
Gagné son foulard bleu.

Vite ! les olivettes
Montrent leurs guérets pleins :
Courez-y, mes brunettes,
Ramasser des deux mains.

C'est vrai, les engelures
Cuisent au moindre froid ;
Mais les olives mûres
Sont si douces au doigt !

D'ailleurs toujours quelqu'une
D'entre vous sait chanter
La chanson opportune
Qui fait patienter ;

Et, dans les tiges hautes,
Par fois le gai pinson
Mêle ses franches notes
Aux vers de la chanson.

Sur les lointaines crêtes,
Partout où voient les ieu,
Ce sont des olivettes
Baisant le bord des cieux.

Si d'Avignon à Venee
Chétif est l'olivier.
A Canne il est immense
Comme le marronnier.

J'en connais qui sans peine
Pourraient de leurs rameaux
Couvrir un chef d'Ukraine
Et cent de ses chevaux ;

J'en connais dont le faîte
Dépasserait encor.
Notre tour qu'avaient faite
Les templiers bardés d'or;

J'en connais dont les branches
A plusieurs ateliers
Procureraient des planches
Pour plusieurs mobiliers ;

J'en connais où vingt hommes
Sont montés à la fois,
Semblables à des gnomes,
Couper le menu bois.

Plus le sol est aride,
Mieux l'olivier produit
Sa topaze liquide,
Sang du lustre qui luit.

Il ne craind que la neige
Longtemps mêlée à l'air :
Or Dieu, qui nous protège,
Nous donne un chaud hiver.

Aussi tout est en fête :
Nos jardins ont la fleur ;
Nos monts ont l'olivette ;
Nos toits, le voyageur ;

Notre mer, le saint pierre,
Le plus fin des poissons ;
Et nos champs, l'atmosphère
Qui guérit les poumons.

Partez, ô paysannes,
Partez : déjà du coq
Ont cessé les dianes,
Et le bœuf est au soc.

Vous savez qu'un beau cierge
Brûle au fond du lieu saint,
Pour que la bonne Vierge
Aux Keirons mette fin.

Alors aux olivettes
Redeviendront épais
Les doux fruits des poètes,
Les doux fruits de la paix.

Cannes, 1853.

ODE XVII

LES CARROUBIERS

—

Oui, je vois toujours la colline
Qui surplombe l'âpre ravine,
Elle a toujours ses horizons,
Toujours au pied le Riou serpente
Et toujours sur l'abrupte pente
Le lézard d'humeur indolente
S'y vient enivrer de rayons ;

Mais cette cime granitique
Chaude autant que la chaude Afrique
N'a plus son bois de Carroubiers ;

Mais, fuyant la classique salle,
L'enfant à jouer à la balle,
Où bien à chasser la cigale
N'y passe plus des jours entiers.

Voici que l'arbre à brune fève
Tel qu'un innocent sous le glaive
Sous la hache aiguë est tombé ;
Le nom en reste à la colline ; (15)
Seulement la troupe enfantine,
A fait place aux croix que domine
La grande croix du jubilé.

Canne y place son cimetière ;
Le champ de joie et de lumière
Est devenu le champ des morts.
Hébien ! j'aime encor cet azile :
C'est l'arche sainte de la ville,
C'est le temple où l'ange immobile
Des ancêtres garde les corps !

Rien n'y vient troubler le silence :
A la prière qui s'élance
Rien n'apporte distraction ;

Quand la douleur la plus amère,
Celle d'avoir perdu ma mère,
Fait couler mes larmes à terre,
J'entends ma mère qui répond.

Par fois, le roi Mistral y passe ;
Son souffle salutaire efface
Les marques des profanes pieds.
La mort est peutêtre la vie ;
Oh! si malgré la sotte envie,
D'un peu de gloire elle est suivie,
Que je sois vite aux Carroubiers !

Tout rôle aux Carroubiers s'achève.
L'égalité que chacun rêve,
Elle est là, sous le marbre blanc
Qu'on grave ainsi qu'un reliquaire
Et sous l'humble touffe de lierre,
Du prince jusqu'au prolétaire,
Dans les vers qui rongent le flanc.

Egalité que Dieu dispense,
Et toi, Liberté douce, en France
Descendrez-vous jamais ? Les monts

Donnent aux nids le même ombrage :
L'izard n'a, sur son pic sauvage,
D'autre maître que le nuage.
Nous, fils des Gaulois, espérons.

Comme une comète argentine
Mena jadis en Palestine
Les Juifs de la captivité,
La Science aujourdhui, sans chaîne
Et le front plein de soleils, mène
Vers la république prochaine
La frémissante humanité.

Cannes, 1853.

ODE XVIII

UN PALMIER DE CANNES

Lorsqu'on approche de Canne
    Par mer,
On voit un palmier qui plane
    Dans l'air.

Svelte et souple, il se détache
    Des toits,
Tel qu'un immense panache
    De bois.

Jadis dans l'âpre Ferrare (16)
Semé,
Il a comme au sol Tartare
Germé.

Qui pourrait dire son âge ?
Enfant,
Je jouais à son ombrage
Mouvant ;

Et, jeune fille pubère,
Aussi
A son pied ma bonne mère
S'assit.

Ce vieux tronc où pend la datte,
Si vieux,
Cependant encore flatte
Les ieux.

C'est que le palmier est l'arbre
Qu'il faut
Pour rendre un fronton de marbre
Plus beau.

ODE XVIII

Sur une façade il tranche
    Ainsi
Qu'un pic sur la neige blanche
    D'Uri ;

Et, sur l'horizon jetée
    En croix,
Sa tige semble sculptée
    Par Gois.

Allez voir celui de Canne
    En mer :
Ne dirait-on pas qu'il plane
    Dans l'air ?

Ce fils de l'Afrique nue
    Retient
La grâce qu'à seul connue
    L'Edén.

Quel majestueux branchage !
    Quel port !
On croirait son long feuillage
    Tout d'or,

Quand notre soleil y mêle
    Son feu,
Et qu'un zéphir de son aile
    Le meut.

Comme tombent ceux des saules
    Pleureurs,
Tombent ses grands pétioles
    En pleurs ;

Mais si le saule larmoie
    D'ennui,
Ce sont des larmes de joie
    Chez lui.

La palme ajoute au délire
    Des jeux ;
Elle comble du martire
    Les vœux ;

La palme orne les conquêtes
    D'un roi ;
A la palme les prophètes
    Ont droit ;

Sous la nef où dorment calmes
       Les saints,
Le prêtre à Pâque a des palmes
       Aux mains.

Quel rôle !... Et même je pense
       Qu'aux cieux
Dieu l'avait créé d'avance
       Pour eux.

C'est pourquoi le palmier reste
       Chez nous
Un arbre à l'aspect céleste
       Et doux,

L'arbre qui l'hiver rappelle
       L'été,
Et qui ravive la frêle
       Santé.

Aussi nos charmants touristes
       Jamais
N'oublient dans leurs pays tristes
       Ses traits.

Or, avant ceux dont on pare
        Nos cours,
Le dattier de la Ferrare
        Toujours

Aura les premiers hommages
        Des gens,
Comme les premières rages
        Des vents.

Allez donc le voir sur Canne
        En mer,
Ce cheik des palmiers qui plane
        Dans l'air.

Cannes. 1853.

ODE XIX

LES RÉGATES

—

La mer, comme un cirque azuré,
Se couvre de coquettes voiles ;
A la plage, le long du quai,
Les gens frais-vêtus, le front gai,
Affluent plus que les étoiles
Au fond d'un firmament d'été.

L'air joyeux des courses résonne
Sur le fifre et sur le tambour :
La banderolle tourbillonne

Aux mâts où le matelot trône ;
Chacun est en fête ; un tel jour
N'est indifférent pour personne.

Des écharpes à frange d'or
Et des poulets en cercle attendent
La barque au plus rapide abord.
Quel désirable et cher trésor !
Les pêcheuses se recommandent
A Notre Dame de Bon-port.

La carabine se décharge,
Là-bas, au loin. C'est le signal.
Tous les ieux sont fixés au large.
Dans cet assaut, dans cette charge,
Pour tenir tête à son rival
Chaque rival a grande marge.

Comme ils glissent les fiers bateaux !
Comme ils tranchent le dos des ondes !
On dirait de vivants couteaux,
On dirait les géants des eaux
Chassés de leurs grottes profondes.
On dirait d'ardents cachalots.

Bientôt la distance s'efface ;
Des sillages les longs rubans
S'étendent sur l'immense glace ;
Aux plus vifs les plus mous font place ;
Bientôt les grelots excitants
S'entendent comme un djin qui passe.

Vive Dieu ! ces rudes rameurs
Demi-nus, penchés en cadence,
Ruisselants de chaudes sueurs,
S'ils pouvaient sur des flots meilleurs
Aux tritons faire concurrence,
Des tritons resteraient vainqueurs.

« Hourra ! vieux patron, ta Jonquille
Passe l'Argus et le Saint-Jean
De plusieurs fois toute sa quille. »
Et le vieux patron dont l'œil brille
Agite, ainsi qu'un drapeau blanc,
Le tablier de sa jeune fille.

On dit vrai. Le crâne bateau,
Dans son élan prompt et sauvage,
Comme un dauphin saute de l'eau ;

Le prix est élevé bien haut
Par les vingt mains de l'équipage ;
On crie aux quatre vents « bravo ! »

Et ceux qu'a trahis la vaillance,
Tournant la poupe aux curieux,
S'en vont côtoyer à distance.
Qu'importe la mauvaise chance ?
Un prix plus beau déjà pour eux
Miroite aux doigts de l'Espérance.

Cannes, 1853.

ODE XX

LA LUCIOLE

Dans le val, sur la colline
L'aubépine
A mis ses pétales blancs ;
Près des dernières oranges
Les mésanges
Ont annoncé le printemps.

Quel est ce nocturne insecte
Qui délecte
Par son vif éclat nos ieux ?

C'est la gente luciole
          Dont le rôle
Rend les silphes envieux.

On dirait de loin la belle
          Étincelle
De quelque mignon soleil ;
On dirait le grain de flamme
          Que la rame
Fait jaillir du flot vermeil.

O charmante luciole,
          Bestiole
Dont le sang est tout de feu,
Comme un doublon de Castille,
          Ton corps brille
Dans la masse de l'air bleu.

Je te vois à la Croizette, (17)
          Sur le faîte
Des citronniers odorants,
Au vallon frais des Valergues,
          Dans les vergues
Du brig aux robustes flancs; (18)

Et je te vois à la Castre, (19)
         Petit astre
D'un firmament de Van Cleef,
Lorsque tu suis des orbites
         Que tu quittes
Ou tu reprends sans motif.

Que de détours! quels caprices!
         Si tu glisses
Entre les mains de l'enfant
Qui croit te tenir, la mère
         Plus légère
Te prend d'un doigt triomphant.

Mais une mère est si bonne!
         Quand on donne
La vie, on ne peut l'ôter :
Elle exige qu'il te baise,
         Et fort aise
Te laisse au ciel remonter.

Notre admirable contrée
         Dort parée
Comme une reine, la nuit :

Nos sentiers sont les dentelles :
     Et sur elles
Toi, le diamant qui luit.

D'où viens-tu, perle volante ?
     Dans sa mante.
Une péri d'Orient
T'a-t-elle apportée à Canne
     D'Ecbatane,
De Palmire ou d'Ispahan ?

Es-tu la fine astérie
     Que Marie
Dans son écrin ne veut plus ?
Ou le débris d'une étoile
     De son voile
Dont jouait le doux Jésus ?

Es-tu la larme d'un ange
     Que Dieu change
Soudain en globule d'or ?
Et, comme à son tact sublime
     Tout s'anime,
Vivante as-tu pris l'essor ?

Serais-tu cette fleurette
    Que l-on jette
Au brasier de la saint Jean,
Mais que le gnome recueuille
    Puis effeuille
Dans l'espace, au gré du vent ?

Qui que tu sois, luciole,
    Vole, vole
Sur le palmier tropical,
Sur l'olivier dont la branche
    Au sol penche,
Et sur les prés de Laval.

Vole partout. La campagne
    Partout gagne
A t'avoir pour ornement,
Et ta présence bénite
    Ressuscite
Pour moi les roses d'antan.

Cannes. 1853.

ODE XXI

LA VAGUE

—

Le vent du sud a soufflé sur la mer :
Coulent la Fous et le Riou grands de pluie :
La nue épaisse erre encore dans l'air :
Avec son bec l'oiseau mouillé s'essuie.

Le jour se fait. L'oreille entend au loin
Un grondement lamentable et sauvage.
Qu'est-ce ? Le golfe après la nuit d'orage,
Au beau spectacle on se rend de tout point.

Sur le musoir éclaboussé, la foule
Tient les regards fixés vers le furin,
Pour admirer la formidable houle,
Monstre ondulant sur le gouffre marin.

C'est que la vague est une fière chose :
Ni le théâtre avec ses lustres d'or,
Ni la forêt que réveille le cor,
Ni le glacier où l'aigle se repose.

Ni le champ où les crânes bataillons
Par un Kléber sont passés en revue,
Ni le parcour de nos processions
Ne peut autant réjouir notre vue.

Elle vient. L'eau s'échappe de son front
En blanche écume et comme une crinière.
Gare ! On dirait un farouche lion
Que va chassant la Kabylie entière.

Elle s'approche, elle enfle. La voici.
Elle se brise. Écoutez. Quel tonnerre !
Quel choc ! Jamais les vieux béliers de guerre
N'avaient frappé sur un rempar ainsi.

Là, pour garder les brigs du flot qui rage,
On a porté de gros rochers, si gros
Qu'à chacun d'eux il fallut l'attelage
De douze bœufs et de douze chevaux.

Qui le croirait ? La vague redoutée
Prend sur son dos ces massifs de granit,
Et les soulève aux flancs de la jetée,
Comme un ruisseau soulève un faible nid.

Il me souvient : un jour, la lame folle
S'est abattue avec un tel effort
Qu'elle a lancé par dessus notre môle
Et rocs, et gens, et torrents dans le port.

Sur le rivage où rien ne fait obstacle,
La vague, égale au royal Estérel,
S'épanouit. On change de spectacle :
Le gouffre entier semble enivré de sel.

Narguant de près la mobile montagne,
Les enfants vont y jeter du galet ;
Mais de vitesse elle, en crevant, les gagne,
Et quelquefois les roule au bord sablé.

On jurerait qu'à leur nargue cruelle
Elle est sensible ; au reste, elle a si bien
L'aspect vivant d'un être, qu'après elle
A son reflus, aboie et court le chien.

Une autre éclate, une autre est déjà prête,
Et puis une autre, et toujours, et toujours.
De regarder, aucun n'est las : la fête
A plus d'attraits que les fêtes des cours.

Or, tout le long des côtes, la tourmente
De ses dépôts forme un sinistre ourlet :
Planche, roseau, branchage, liége, plante,
Câblot, fucus, algue, échome, filet.

Vrai Dieu ! malheur au bateau qu'une entrave
En ces moments a retenu dehors.
Qu'en fera l'onde irritée ? Une épave.
Et des pêcheurs qui le montent ? des morts.

                              Cannes, 1853.

ODE XXII

LES FLEURS D'ORANGER

La saison d'hiver est bien belle,
Mais le printemps est plus beau qu'elle.
Cannes est préférable en mai,
Quoique un fier lord ait proclamé : [20]
« La saison d'hiver est bien belle ».

Restez donc, ô chers étrangers.
Dans les branches des orangers
Vont grimper nos lestes cueilleuses :
Pour voir ces récoltes joyeuses,
Restez donc, ô chers étrangers.

La fleur d'oranger de nos champs
Quand aux nids commencent les chants,
Guérit si vite un poitrinaire,
Qu'aux palais de marbre il préfère
La fleur d'oranger de nos champs.

Sur l'arbre vert des Hespérides
Sont répandus par les silphides
Des flocons de neige odorants.
Mais ils ne restent pas longtemps
Sur l'arbre vert des Hespérides.

On les cueille tous les matins,
On en comble d'amples gourbins (24)
Que de grands chars portent à Canne :
Ainsi que la céleste manne,
On les cueille tous les matins.

Il n'est pas un joujou de serre,
Notre oranger qui sur une aire
Souvent ombrage un bal entier :
Il rend des fruits d'or par millier :
Il n'est pas un joujou de serre.

Son parfum remplit nos chemins
Comme un trépied des vieux Romains :
Et Cannes vaut l'Alhambra Moré,
Sitôt qu'aux brises de l'aurore,
Son parfum remplit nos chemins.

Qu'est-ce au loin ? La voix des cueilleuses
Chantant des chansons amoureuses
Dans la langue des troubadours.
Écoutons à tous les détours :
Qu'est-ce au loin ? La voix des cueilleuses.

Le bon air ! les douces senteurs !
Quand vient la cueillette des fleurs,
Semble aussi fleurir l'existence ;
Chacun respire en abondance
Le bon air, les douces senteurs.

Restez donc, aimables touristes,
Chez vous les bois sont encor tristes,
Et l'enfant tenu renfermé.
Pour goûter notre mois de mai,
Restez donc, aimables touristes.

Vous, malades, restez aussi.
Les meilleurs docteurs sont ici ;
L'air, la fleur, la mer, la lumière,
Avec ces fils du primevère,
Vous, malades, restez aussi :

Votre santé deviendra forte,
Grâce aux dons que mai nous apporte ;
Avant qu'un trop pressé coursier
Vous ramène au toit familier,
Votre santé deviendra forte.

Cannes, 1853.

ODE XXIII

LE ROSSIGNOL

Je vais par fois aux Valergues.
  Quand les vents
  Sifflent aux vergues,
Et tordent les galhaubans :

J'y vais chercher un azile
  Bien désert
  Et bien tranquille,
Loin de la grondante mer :

Et je m'assieds sous l'ombrage
        D'un figuier
    Au gros feuillage
Ou d'un grisâtre olivier ;

Et je rêve. Mais à peine
        Mon esprit
    Rompt-il la chaîne
Du terre-à-terre maudit,

Que j'entends dans la verdure
        Une voix
    Dont la nature
Est jalouse pour les bois.

C'est le rossignol qui chante
        Sa chanson
    Plus éclatante
Que celle du gai pinson.

Et plus suave que celle
        Du serin,
    De l'hirondelle,
Du verdier ou du tarin.

D'où tires-tu tes romances,
　　　Rossignol,
　　Toi qui nous lances
L'ut dièze et l'ut bémol ?

Qui t'enseigna tant de notes
　　　Tour à tour
　　Basses ou hautes,
Folles de joie ou d'amour ?

Ce sont les anges sans doute,
　　　Quand Dieu mit
　　Au ciel en voute
Notre globe épanoui ;

Qu'au nom des naissantes races,
　　　Avec eux
　　Tu rendis grâces
Au créateur généreux.

Et quel meilleur interprète !
　　　Ton gosier,
　　O gente bête,
Est un sublime clavier.

Tes fioritures, tes gammes.
Tes accords
Aux tendres âmes
Donnent de tendres transports.

On dirait des cascatelles
De jasmins,
De citronnelles,
De menthes, de romarins ;

Et l'on dirait des cascades
De rubis,
D'onix, de jades,
D'émeraudes, de lapis.

Aux jours prompts comme aux nuits lentes.
Par ton air
Tu nous enchantes.
O petit larinx de fer.

Est-il vrai, ma Philomèle,
Qu'autrefois
Tu fus la belle,
La belle infante des rois ?

Tu fus plutôt le génie
         D'un Weber
     Plein d'harmonie,
Ou d'un puissant Meyerber.

Si dans le saint empirée
         On nous rend
     La chose aimée
Et l'être aimé d'à présent.

Comme aux cieux l'humble poète
         Sera fort,
     Je veux qu'on mette
Près de mon luth ton bec d'or.

En attendant, sous l'ombrage,
         Fier chanteur,
     De ton ramage
Enivre, enivre mon cœur.

On prétend qu'en Amérique
         Les ravins
     De ta musique
Sont dépourvus ; je les plainds.

Que l'homme de ces contrée
Vienne donc
Où les nitées
Des rossignolets se font ;

Où l'hiver n'est qu'un esclave ;
Où le sol
Produit agave,
Palmier et pin parasol :

A Cannes, l'ardente fille
Du soleil,
Que l'art habille
D'un vêtement sans pareil.

Cannes. 1853.

ODE XXIV

LE CORSAIRE DE CANNES

--

« Je suis le corsaire de Canne,
Partout connu des loups de mer ;
Moi, je m'appelle Barbantane, (22)
Et mon brig s'appelait l'Éclair.

Le brave Éclair au fin bordage
Pouvait distancer de vingt nœuds
Les thons les plus prompts à la nage,
Tant il était voilier fameux.

Et quels lurons à bord ! quels hommes !
C'étaient tous de francs Provençaux,
Qui préféraient à des royaumes
L'ardente ivresse des assauts.

Nous courions la houleuse plaine,
En avant, toujours en avant,
Mât de hune et mât de misaine
Bourrés de voiles, par tout vent.

Nous nous moquions de la tempête,
Des noirs écueils, des noirs requins :
Une prière est si tôt faite
A Notre Dame des Marins !

Qu'un lourd vaisseau fît mine en route,
Les cent pièces à découvert,
De nous suivre, « larguez l'écoute »
Criais-je. Il cherchait... Plus d'Éclair.

Mais, quand c'était une goilette,
Convoyeuse à seize canons,
Pour nos six pierriers quelle fête !
Quelle fête pour mes lions !

Nous fesions d'abord à la poudre
Chanter quelques mâles couplets.
Et puis il fallait en découdre :
A l'abordage ! allez ! allez !

Que c'est donc bon un abordage !
A ce mot seul mon vieux sang bout :
Vrai carafon d'arack sauvage
Qu'on aime à boire jusqu'au bout !

Tonnerre ! j'en ai vu des haches
Fendre les crânes des gabiers,
Faire aux ponts de sinistres taches
Où marquaient les doigts nus des pieds !

Dieux des dieux ! j'en ai vu des flammes
Jaillir des rudes chocs du fer :
Je l'ai vu le tranchant des lames
Tailler dans la vivante chair !

Le fier brig, grâce à l'abordage,
Ne perdait pas un seul hauban :
Ainsi le voulait l'équipage,
Qui mieux aimait perdre son sang.

Nous abordions, bourrasque humaine
Sachant qu'il faut vaincre ou mourir,
De compter regrettant la peine,
Et tuant que c'était plaisir.

Nous tuions tout, je dois le dire ;
De pitié, de merci jamais ;
Puis nous coulions bas le navire.
Tant pis pour messieurs les Anglais !

Restait à partager les prises :
Lougre, cutter et brigantin
Chargés de riches marchandises,
Que dites-vous d'un tel butin ?

Et vite on naviguait vers Canne.
Là, chaque jour, à joyeux flots
L'aï ruisselant, Barbantane
Devenait bey des matelots.

Car moi, j'étais le capitaine,
Payant tout, et payant plus cher :
N'avais-je pas un grand domaine,
Le grand domaine de la mer ?

Oh ! le beau temps, la belle orgie,
Les beaux trésors, les beaux combats.
La belle existence remplie
Comme une heure de branle-bas !

Que d'aventures, que d'aubaines
Dont l'Empereur causait par fois !
C'est moi qui suis entré dans Gênes
Avec Bavastro le Niçois. (23)

Masséna, notre ami d'enfance,
Fortement nous serra la main.
Encor trois jours... et sa vaillance
Aurait vaincu même la faim.

Pas de trois jours ! A quelque épreuve
Chacun par le sort est voué.
Devant Trafalgar, Villeneuve
Ne fut-il pas ainsi joué ?

Par le Suffren ! en cette affaire
Où contre nous lutta l'enfer,
J'aurais un peu voulu voir faire
Quatre brigs comme mon Éclair.

Pauvre Éclair ! J'ai brûlé sa coque.
N'en parlons plus. Laissons dormir
Rouge écharpe, guêtre de phoque,
Large col bleu; chapeau de cuir.

L'ancien corsaire a mis en panne :
Sans broncher, il attend la mort.
Sans broncher, car un Barbantane
Ne doit jamais virer de bord.

Dès qu'elle résoudra ma perte,
En souvenir du noble Éclair,
Je veux, toute fenêtre ouverte,
Filer en saluant la mer. »

                            Cannes, 1853.

ODE XXV

LA NOEL A CANNES

Quel bonheur, enfants ! pour le jour des noix
Le ciel est plus pur que l'eau du baptême ;
Le beau soleil d'or qu'appelaient vos voix,
Le beau soleil d'or prouve qu'il vous aime.

Hier, le Gros Souper a depuis Menton
Jusqu'à l'Estérel commencé les fêtes :
C'était le soir doux à tout le canton,
Le soir du dessert aux mille assiettes.

Mais à Canne il a, ce cher Gros Souper,
Un gai lendemain que chaque an ramène ;
Aux dunes du Riou l-on court s'attrouper
Et jouer les noix dont la poche est pleine.

Au bord de la mer, le monde s'épand,
Tout le monde, grands, petits, pauvres, riches,
Les joueurs avec le rire de Pan,
Les badauds avec des projets de niches :

Le sable est si mou ! Comment résister
Au plaisir charmant de pousser par terre,
Pendant que quelqu'un les fait disserter,
Parente, voisine, amie ou commère ?

Là, les jeunes gens lancent dans un trou
Amandes et noix, à grosse jointée ;
Et l-on doit tout perdre ou l-on gagne tout,
Si la somme impaire ou paire est comptée.

D'une noix unique, ailleurs, le vieillard
Suit l'unique noix de son adversaire :
Et, l'un manquant l'autre, ils ont trouvé l'art
De jouer beaucoup en ne jouant guère.

Il est varié cet antique jeu,
Autant que les fleurs qu'à nos champs Dieu donne;
Il est innocent, car il coûte peu ;
Il est goûté, car n'y manque personne.

Dès midi le temple est resté désert :
La foule a joué l'entière vesprée,
Tant que le soleil, ce roi de l'hiver,
Verse sur les fronts sa clarté dorée.

C'est Noel, enfants, chargez-vous de noix :
Courez où le Riou baise le rivage :
Faites comme fit l'aïeul autrefois ;
Ne laissez point choir ce gentil usage. (24)

                    Cannas, 1853.

ODE XXVI

L'HIVERNANTE

Triste, en deuil et courbant la tête,
Une veuve errait, un matin,
Le long du cap de la Croizette,
Pendant l'été de saint Martin :

Ce gentil été de novembre,
Si chaud et si frais à la fois,
Où le malade fuit sa chambre,
Où l'oiseau retrouve sa voix.

Où, lorsqu'à Paris le bocage
S'est dépouillé de son manteau,
Les arbres de notre rivage
Sont encor parés du rameau.

L'onde dormait, limpide et belle :
Un pur soleil luisait partout ;
Et l'étrangère avait l'ombrelle,
Comme aux régates du mois d'out.

Elle rêvait. Sa tendre fille,
Bouton qui sèche au vent du nord,
Se mourait. La cruelle Mort
Branlait sa cruelle faucille.

Et tout bas la mère disait :
« On affirme que la nature,
Dans ce séjour favorisé,
Est de moitié pour une cure :

Que très souvent les guérisons,
Que la docte science brigue,
Ont découlé des seuls rayons
Dont l'astre roi se rend prodigue.

Ce résultat est-il bien sûr ?
Quoi ! les paupières, demi-closes
Sous un firmament sans azur,
S'ouvrent ici parmi les roses !

Cela doit être. Le printemps
Donne les vrais sucs de la vie ;
Or cette saison que j'envie
A Canne orne toujours les champs.

De fleurs les villas sont jonchées
En ce moment même, et je vois
Olives, oranges, chinois
Mûrir sur les branches penchées.

Puisque du pin ni du cactus
Ici la tige ne s'effeuille,
Les phthisiques ne peuvent plus
Craindre la chute de la feuille.

O grand Dieu, daigne à mon enfant
Accorder même faveur ; laisse
Vivre cet être caressant
Qu'en retour ma bouche caresse.

Aux jours heureux de son berceau,
Qu'elle était blanche, vive et fraîche !
Sa joue avait l'air d'une pêche
Mise dans le cristal de l'eau.

Aujourd'hui, pâle, elle s'incline
Sous les boucles de ses cheveux.
Et moi, je pleure avec ses ieux,
Et je souffre dans sa poitrine.

O Dieu, permets que ce pays
Brillant comme ton tabernacle,
Pour mon ange que je chéris
Fasse encore un autre miracle. »

Et la mère, en disant ces mots,
A l'espace plein de lumière,
Aux monts verts, aux tranquilles flots
Adressait aussi sa prière,

Dieu l'entendit ; les flots, les monts
Et l'espace aussi l'entendirent :
Durant quatre mois, ils fournirent
Leur baume à ces frêles poumons.

8

Qu'arriva-t-il ? Dans nos campagnes,
Lorsqu'on dressa le joyeux mai,
Déja l'Anglaise à ses compagnes
Saine et rieuse se mêlait.

Et depuis lors la noble fille,
A recouvré de son berceau
La fraîcheur, le sang qui pétille,
Le blond incarnat de la peau.

Et mère et fille, à la Croizette,
Viennent deviser chaque hiver
De la prière qui fut faite
Et du doux pouvoir de notre air. (25)

Cannes, 1853.

ODE XXVII

MA BRUNE CANNOISE

—

Ma Cannoise qu'elle est belle,
Lorsque d'amour sa prunelle
Lance en cachette un éclair !
Ou lorsque sa chevelure
Plus noire encor que la mûre
Luit sous le soleil en plein air !

Belle, au milieu de la foule
Qui de la Castre s'écoule
Les jours où l-on va prier !

Ou bien parmi les quadrilles
Du bal où les jeunes filles
Ne cessent pas de l'envier !

C'est qu'elle est belle ma brune,
C'est qu'elle ne craind aucune
Des déesses du sérail :
Tous les sultans de l'Asie
Dans ses fins doigts d'Aspasie
Placeraient le fier éventail.

Et de plus elle est fidèle.
Vive comme la gazelle
Des oasis du désert,
Brave autant qu'une lionne,
Si sensible qu'elle donne
Aux pauvres même son couvert.

Sans retarder la défaite,
Pour le timide poète
Elle eut vite doux soupir,
Caresse, souris, mot tendre,
De ces mots qu'on veut entendre,
Devrait-on ensuite mourir.

Et depuis, en sa présence,
L'âpre fruit de l'existence
Me semble être un fruit divin :
Et depuis, je l'ai bénie
Comme le charmant génie
Qui sème de fleurs mon chemin.

Oui, je l'aime ma maîtresse,
La source de mon ivresse,
L'églantine de mon cœur ;
Elle est bien vraîment la femme
De mes rêves, car mon âme
Près d'elle trouve le bonheur.

Cannes, 1853.

ODE XXVIII

LA MANŒUVRE

—

Amis, voici le boute-selle,
Écoutons ses joyeux accords :
Alerte ! au cœur le plus rebelle
La trompette qui nous appelle
Semble demander des transports.

Vite, vite ! déjà l-on sonne
A cheval. Voyez-vous là-bas
Se former l'ardente colonne ?
Allons ! courons au poligone
Nous façonner aux fiers combats.

J'aime la manœuvre rapide
Qui nous fait bouillonner le sang,
Sabre à la main, flottante guide,
Lorsque l'acier du fourreau vide
Brille au soleil et bat le flanc.

La bombe a sifflé dans l'espace,
La fanfare chante un pointeur ;
La voix des chefs crie et menace ;
La poudre en nuages s'entasse,
Nous nous grisons de son odeur ;

Grand Dieu ! c'est presque une bataille !
Le bruit féroce des caissons
Ressemble au bruit de la mitraille ;
La butte, mouvante muraille,
Tremble sous les coups de canons ;

La jument hennit toute fière,
Sous l'éperon des artilleurs ;
Ses fers, dans la prairie entière,
Au lieu de sanglante poussière,
Soulèvent des débris de fleurs.

Amis, le mer est blanc d'écume,
Nous avons l'air de vétérans,
La croupe de nos chevaux fume
Comme le bivac qui s'allume :
C'est assez, reprenons nos rangs.

Demain aussi, du boute-selle
Nous entendrons les gais accords ;
Demain, au cœur le plus rebelle
La trompette qui nous appelle
Redemandera des transports.

Toulouse, 16e d'artillerie à cheval, 1854.

ODE XXIX

LE POÈTE

—

I

Pauvre barde, isolé dans ces caos humains,
Regagne de Fingal les profondes bruyères ;
    Loin des bourbiers de nos chemins,
    Cherche les sauvages mistères.

Tais-toi, ne chante pas ; tu ne trouverais plus,
Comme au temps féodal, ces gentes bachelettes
    Qui te jetaient leurs clés discrètes
    Du haut des donjons vermoulus.

Dans les bras d'une amante avide de caresses,
Tu ne pourrais non plus couronner un beau jour :
    Tu n'as pour elle que l'amour,
    Elle ne veut que les richesses.

La foi n'ébranle plus les murs de Jéricho ;
Les mortels prosternés se souillent de poussière
    Devant l'or, idole grossière :
    Où veux-tu trouver un éco ?

Cesse donc de chanter : au milieu de l'espace,
Quand par fois une muse aujourdhui plane encor,
    D'un comptoir elle a pris l'essor,
    Et la tienne est dans la disgrâce.

II

    Soit, chante. Qu'importe, après tout,
    Si les gens sont pétris de fange,
    Si cette terre est un égout,
    Si le chiffon est sous la frange ?

Dans nos cités, temples des sens,
Qu'importe, puisque ton cœur aime,
Si le cœur est un contresens,
Si la tendresse est un problème?

Le rossignol dans le bosquet
Ne demande pas qu'on l'écoute,
La rose tous les ans renait,
Le fleuve suit toujours sa route.

Chante pour toi seul ; que ta voix
S'harmonise avec le zéphire,
Et jusqu'aux pieds du roi des rois
Montera ce qu'elle soupire.

III

Quoi ! tu crains de perdre tes chants,
Comme une fleur perd ses aromes ;
Tu veux plaire même aux méchants,
Tu veux les louanges des hommes ;

Dans les fêtes, sur un perron,
Tu veux te montrer à la foule ;
Tu veux voir saluer ton nom
Par chaque race qui s'écoule ;

Tu veux qu'en berçant son enfant
La mère dise tes ballades,
Et que les guerriers dans leur camp
Changent tes couplets en aubades ;

Tu veux être un des demi-dieux
Qui de siècle en siècle grandissent...
Insensé ! n'aimes-tu pas mieux
Qu'au ciel les anges t'applaudissent ?

IV

« Non, » dis-tu « non. A mon désir
Le ciel offre moins que la femme :
Les anges ne peuvent souffrir,
Tandis qu'elle peut compatir
Aux déchirements de mon âme.

C'est pour elle que dans mon sein
Le Seigneur a mis l'harmonie ;
C'est pour elle qu'à mon matin
Il traça sur mon front serein
Les signes brûlants du génie.

L'étoile est faite pour briller,
Le vent pour rafraîchir la feuille,
Le passereau pour gazouiller,
Le feu follet pour sautiller,
Le fruit doré pour qu'on le cueille,

L'ombre des bois pour abriter,
L'herbe pour fournir le dictame,
Le flot des mers pour s'agiter,
Et moi je suis fait pour chanter
A l'unisson d'un cœur de femme.

Je laisse un siècle dédaigneux
Se moquer de ma sainte ivresse ;
Pour lui je ne viens pas des cieux :
Un éclair ne jette des feux
Qu'au milieu d'une nue épaisse. »

V

Courage alors ! Peutêtre enfin tu trouveras
    L'âme simpathique à ton âme,
    Ayant des ris quand tu riras,
    Et des pleurs quand tu pleureras,
    Nimphe, silphide, fée ou femme.

Espère, cherche-la, consacre à ses amours
    Les romances que tu fredonnes ;
    Pour cette amante tous les jours
    Prépare de gentils atours
    Avec les fleurs de tes couronnes.

Car si vers elle vont tous tes secrets accords
    Qu'elle seule pourra comprendre,
    Pour te payer de tels efforts
    Elle doit avoir des transports
    Aux quels un dieu voudrait prétendre.

Courage ! et dès qu'au tien son esprit répondra,
   Qu'elle pensera ta pensée,
   Que ton rêve s'accomplira,
   Que de tes bras elle sera
   Comme d'un collier enlacée,

Chante en ce beau moment, chante, cigne aux abois,
   Jusqu'à ce que dans le délire
   Ses mains emprisonnent tes doigts,
   Ses baisers étouffent ta voix,
   Ses caresses brisent ta lire.

              Toulouse, 1855.

ODE XXX

LARMES FRATERNELLES

—

Morte sans même avoir de son arbre de vie
  Cueuilli toute la blanche fleur,
Morte si loin de nous, si brusquement ravie
  A nos tendresses, pauvre sœur !

A peine de l'Himen la torche est allumée,
  Et la Mort parait sur le seuil,
Et la robe de noce est déja transformée
  En suaire pour le cercueil.

Affreux destin ! ô Dieu, pourquoi le cœur de l'homme
    Subit-il ces déchirements ?
Les pleurs que nous versons auraient-ils un arome
    Que tu préfères à l'encens ?

Sous ton souffle divin en roulant vers sa place,
    Le jour de la création,
Notre globe aurait-il essuyé dans l'espace
    Les maléfices du démon ?

Peutètre par pitié ta sainte providence
    Aura-t-elle voulu, Seigneur,
A cette âme épargner quelque grande souffrance
    Ecrite au livre du malheur ?

Et chez elle tu fis descendre notre mère,
    Comme ange des derniers adieux.
« Viens, » dit-elle « O ma fille, abandonne la terre,
    Avec ta mère monte aux cieux.

Viens, et tu recevras pour bijous les étoiles,
    Pour demeure l'immensité,
Les vapeurs des soleils pour diaphanes voiles,
    Les prières pour volupté ;

Viens, là-haut tu seras à l'abri des désastres :
 Les séraphins te souriront ;
Tu comprendras la loi des êtres et des astres,
 Ce grand secret qui vous confond. »

Et notre sœur, séduite à ces belles promesses,
 A crié : « j'y vais » ; et soudain
Elles ont pris leur vol vers les saintes ivresses,
 L'une à l'autre donnant la main.

Nous que le même pain a nourris dans l'enfance,
 Cherchons l'angle obscur pour gémir ;
Vous, insectes, oiseaux, brise, faites silence,
 Laissez sa dépouille dormir.

Toulouse, juillet 1855.

ODE XXXI

SEWASTOPOL

—

Les imprenables forts, ils sont pris par nos braves ;
Vainement Nicolas au poing de ses esclaves
Croyait voir flamboyer le glaive d'Uriel,
La ville aux triples murs, par des géants fondée,
A ces autres géants qui l'ont escaladée
    Sert de marche-pied vers le ciel.

Ils ont fui ; l'incendie éclairait leur défaite ;
Et pendant que la mer, comme dans la tempête,
A leurs vaisseaux coulés ouvrait son vaste flanc,

Nos zouaves, guerriers dont doutera l'histoire,
Plantaient notre étendard, écharpe de la Gloire,
    Sur Malakoff encor fumant.

Ha ! Tu rêvais, o czar, d'universels comices
Où pareil à ce vin offert dans les calices,
On t'offrait la sueur de cent peuples nouveaux :
Quel rêve !... Aussi, du nombre ayant la sûre chance,
Sur la sphère déjà ta calculais d'avance
    Tes conquêtes par tes rivaux.

Tu ne voudrais qu'un Dieu, qu'un empereur, qu'un pape,
A fin qu'au monde entier laissant la maigre agape,
Tu pusses pour toi seul avoir les gras festins ;
Devant les rois vaincus passant la tête haute,
Tu voudrais renverser du talon de ta botte
    Les poteaux de tous les confins.

Mais la France, éveillée au son du boute-selle,
La France te combat..., et, reine noble et belle,
Un pied sur ta poitrine et le front dans les cieux,
De Jéhovah lui-même empruntant le tonnerre,
Elle te tient meurtri dans les champs de la guerre
    Tel que le serpent orgueilleux !

C'est que la Liberté n'allaite point tes hommes ;
C'est elle qui nous fit un jour ce que nous sommes.
Tes boyards pourraient-ils lui dresser des autels ?
Elle veut pour vestale une humble roturière,
Elle veut pour encens la joyeuse poussière
    Que font en croulant les castels.

Et, lorsque en mille endroits les clairons, les trompettes,
Les hymnes, les tambours, les cris, les bruits de fêtes
Chantèrent la Victoire ouvrant Séwastopol,
Moscou sentit frémir ses steppes désolées :
De nos pères c'étaient les ombres consolées
    Qui se remuaient sous le sol.

Et, lorsque a retenti le bronze aux Invalides,
Le Héros de l'Empire, avec des ieux avides,
D'un drapeau se couvrant comme d'un mantel d'or
Et vers les fiers débris prenant un vol immense,
Est allé contempler ces succès de la France,
    Si grands qu'ils réveillaient un mort !

O sultane, ô Stamboul, du haut de tes murailles,
Admire ces flots purs déroulant des écailles
Que la lune le soir transforme en diamants,

Tes jardins de palmiers, tes bois de sicomores,
Et ton ciel sans nuage, et le palais des Mores,
    Et la mosquée aux marbres blancs ;

Dors, fille des césars, au fond de tes portiques ;
Entoure-toi de fleurs et de tapis lubriques ;
Des nuits de l'Orient goûte tous les parfums :
Le vieux coq de Paris pour toi fait sentinelle,
Pour toi le léopard grince une dent mortelle
    Contre les vautours importuns.

Et maintenant aux rocs de tes cimes sauvages
L'avenir verra moins s'accumuler d'orages :
L'aigle des czars du pôle a rejoint les glaçons.
Son aire est là ; de là, quand la bête cruelle
Du sang des Polonais parfois mouille son aile,
    Ce sang pleut sur les nations.

                  Toulouse, 1855.

ODE XXXII

LA GARONNE

—

Coulez, flots bleus de la Garonne,
Coulez vers de lointains séjours :
Le rêve au quel je m'abandonne,
S'enfuit avec vous pour toujours.

D'où viens-tu, charmante rivière ?
Où commencent tes jolis bords ?
Comme le Nil, dans un mistère,
Caches-tu l'urne d'où tu sors ?

Ou sur quelque verte colline
Inaccessible à ces chasseurs
Dont l'izard fuit la carabine,
T'échappes-tu du sein des fleurs ?

Ou bien les brusques avalanches,
Et les terribles ouragans
Qui brisent l'if aux noires branches,
Te conçoivent-ils dans leurs flancs ?

Tu nais où naissent les orages ;
Les aigles boivent dans ton eau ;
Comme une gaze, les nuages
Entourent toujours ton berceau.

Jadis, au temps de la prouesse,
Là vibrèrent les sons d'un cor :
Dis-moi, quant la nuit est épaisse,
Dis-moi, résonne-t-il encor ?

J'aime ton courant, si limpide
Loin des bruits de notre cité,
Si blanc d'écume et si rapide
Quand il est par elle arrêté ;

J'aime tes deux rives coquettes
Où se mire l'azur des cieux,
Où les saules penchent leurs têtes,
Comme pour baiser tes flots bleus ;

J'aime ta fraîcheur, tes pelouses,
Tes bosquets pleins de demi jour,
Dont tes naïades sont jalouses,
Où l'on va deviser d'amour ;

J'aime surtout le doux silence
De tes si vieux, si vieux peupliers,
Qui durent ombrager Clémence,
Quant ses mains tressaient des lauriers.

Dis-moi, fille des Pyrénées,
Où sont tes nimphes, tes silvains,
Et ces victimes couronnées
Qu'on immolait aux dieux Romains ?

Où sont les terribles druidesses
Qui priaient parmi les éclairs ?
Où sont les hordes vengeresses
Que vomirent les froids déserts ?

Où sont les rois du Capitole ?
Où sont ces gloires du passé ?
Plus de piédestal, plus d'idole :
Ce qui fut a-t-il bien été ?

Hélas ! quand j'admire ton onde,
Mon cœur a de tristes frissons :
Elle est l'image de ce monde,
Comme elle ici-bas nous passons.

Coulez, flots bleus de la Garonne,
Coulez vers de lointains séjours ;
Le rêve au quel je m'abandonne,
S'enfuit avec vous pour toujours.

                              Toulouse, 1855.

ODE XXXIII

NOSTALGIE

—

Hirondelle, fille des airs,
Pour toi ces rives sont profanes ;
C'est l'heure d'en fuir les hivers.
Allons ! des hauteurs où tu planes,
Cherche mon clocher, à travers
Les grands espaces diaphanes.

Vole, vole. Où la brise aura
Plus de tiédeur, plus d'harmonie,
Où le plus beau ciel brillera,

Où d'une campagne fleurie
Le plus doux parfum montera,
Arrête : c'est là ma patrie.

C'est Cannes. Regarde. Son front
A le soleil pour diadème ;
Tout l'univers connaît son nom,
Et dans tout l'univers on l'aime,
Car il lui suffit d'un rayon
Pour guérir l'incurable même.

Ah ! que ne puis-je comme toi
Y retourner, gente hirondelle !
Que n'y puis-je sous mon vieux toit
Ménager un gîte à ton aile !
Mais hélas ! le destin sur moi
Ici pose une main cruelle.

Va, dis à mes jeunes amis
Combien loin d'eux mon cœur soupire ;
Dis-leur que le mal du pays
Fera toujours vibrer ma lire ;
Dis-leur d'applaudir mes écrits,
Car un bravo paie un martire.

Oiseau plus léger que les vents,
Va, va revoir la vague amère
Qui brise sur nos sables blancs ;
Et sois au tombeau de ma mère,
Avec tes joyeux cris perçants,
Le messager de ma prière.

Toulouse, bords de la Garonne, octobre 1855.

ODE XXXIV

UNE VILLA DE CANNES

Tristior in ramis luge, Philomela, dolorem :
Heu! soror extremum fudit ab ore melos.

(E. NÉGRIN)

Parmi les villas semées
A Canne, à chaque chemin, [26]
Pareilles aux beaux camées
D'un riche écrin,

Il en est une, noyée
Dans des flots verts d'orangers,
Et dévotement choyée
Des étrangers.

Pour s'y rendre de la ville,
Il faut le temps qu'au lutrin
Met à chanter l'Evangile
    Un théatin.

Aussi, malade touriste
Et prince vont chaque hiver
A ce rendez-vous d'artiste
    Qui leur est cher.

Qu'a-t-elle ? Des églantines,
Plus qu'un val de l'Estérel ?
Ou des dattes purpurines,
    Plus que le Tell ?

Ou quelque vieux mur que dore
L'astre flamboyant du jour,
Et qui rappelle du More
    Le long séjour ?

Ou quelque sainte chapelle
Avec madone de bois ?
Ou quelque rare escabelle
    Des autres fois ?

Non, la villa favorite
N'a rien de mieux que ses sœurs :
Mêmes rayons, même site
    Et mêmes fleurs.

Seulement, à la vesprée,
Quand l'oiseau cesse son chant
Et que l'herbe est diaprée
    Par le couchant,

On entend sous le feuillage
Comme un souffle de zéphir,
Comme un céleste langage,
    Comme un soupir ;

On entend un son étrange,
Si doux, si mistérieux,
Qu'on dirait l'aile d'un ange
    Qui vole aux cieux.

Et ce son pur, que l'oreille
Perçoit bien après le cœur,
C'est une âme que réveille
    Le visiteur :

L'âme dont toute la terre
Savoura les fiers talents,
Et qu'a frappée un tonnerre
        Dans son printemps.

Le but des pèlerinages,
Le voilà donc. De ce lieu
La Phèdre aux transports sauvages
        Monta vers Dieu ;

C'est là que pourra l'histoire
Relire un nom immortel ;
C'est là que, pleine de gloire,
        Mourut Rachel.

                    Paris, 1860.

ODE XXXV

LE SOLEIL DES ALPES-MARITIMES

—

O soleil de Paris, vieux disque sans rayons,
Etoile de rebut que Dieu de son pied chasse,
Fantôme de soleil que je regarde en face,
Es-tu bien le soleil qui dans ce moment passe
Sur nos jardins remplis de fleurs et de citrons?

Non tu n'est pas ce globe à l'ardente lumière,
Ce globe généreux que je pleure à l'écart,
Qui de Canne à Menton se montre sans brouillard,
Comme sans draperie un triomphant César,
Non : tu ne peux fournir qu'une triste carrière.

Un soleil n'est-il point un monde tout en feux,
Qui commence à briller, sur les pas de l'aurore,
Brille dans la journée, et le soir brille encore,
Réchauffant en plein air les pauvres ? Toi, pécore,
Tu sembles dans ta nue avoir plus de froid qu'eux.

Aussi, piètre soleil, je te préfère même
L'être qui boit la vie aux coupes de vermeil,
Que du temps de Ronsard on appelait soleil
Comme toi, qu'on disait comme toi sans pareil,
Et qui pourra m'aimer peut-être, si je l'aime.

On compte ici beaucoup de ces soleils vivants :
Sur les trottoirs, aux bals, en loge, en équipage,
Le long des boulevards, sous le riche passage,
On en voit... on en voit ainsi que le rivage
A des galets, ainsi que le chêne a des glands.

Je n'entends point parler de la mère des Gracques,
Des femmes dont le teint rougit sous un regard ;
Mais de celles qui vont couvertes de brocart,
Dont le torve coup d'œil pénètre comme un dard,
Qui boiraient dans un crâne, et ne font pas leurs pâques.

« Puisque tu tiens, Laïs, la ceinture d'Amours,
Je te suivrai ; marchons vers ta chambre moirée ;
Voyons si j'ai raison de t'avoir préférée
A ce pâle flambeau de la voûte éthérée,
Indigne d'exister pour de si pâles jours.

— Et que souhaites-tu ? — Qu'à moi ton cœur se donne ;
Et je te donnerai mon luth au doux accord.
Vingt ans qui dans tes bras me rendront souple et fort,
Mes baisers, des baisers à réchauffer un mort,
Des roses sur ton front formant une couronne...

— Je connais mon Gesner. Tranchons. Combiens d'écus ?
— J'aurai près de la côte une bastide à treilles,
Du lait pour ta poitrine, une ruche d'abeilles,
De quoi vivre tous deux loin du bruit et des veilles...
Combien ? Combien ?... car l'or vaut toutes les vertus. »

Et Laïs de son rire ébranle la demeure.
Quoi ! ce soleil de chair n'est pas plus généreux
Que cette grise sphère au fond tout gris des cieux !
Paris est donc sans astre et sans amour ? Je veux
Aller bientôt revoir mon soleil que je pleure :

Vous savez bien ? ce disque aux splendides rayons,
Cette étoile que Dieu jamais du pied ne chasse,
Ce vrai soleil qu'en haut nul ne regarde en face,
Ce flamboyant soleil qui dans ce moment passe
Sur nos jardins remplis de fleurs et de citrons.

Paris, janvier 1860.

ODE XXXVI

LES TOLOZATES

—

Au sommet d'une tour qui déchirait les nues,
Des filles de Tolozo un soir se rassemblant,
Comme Psyché jadis d'abord très ingénues,
Frôlèrent des plaisirs la coupe en diamant.

Allez où des ligueurs Duranti fut victime,
Et le public pourra vous redire les noms,
Car à peine, depuis cette soirée intime,
Douze fois ont mûri les joyeuses moissons.

Par leur aimable esprit toutes étaient païennes,
Toutes avaient fortune, équipage, castel.
Toutes dans le pays marchaient patriciennes,
Toutes offraient la grâce et les ris d'un pastel.

Une dernière fois, Laïs qu'en mariage
Venait de demander le vieillard Amadis,
Dans son castel voulait aux dames de son âge
Refaire les honneurs de la vierge Laïs.

Au sommet de la tour qui déchirait les nues,
Ces filles de Toloze entre elles s'animant,
Comme Judith jadis bientôt moins retenues,
Levèrent des plaisirs la coupe en diamant.

Lorsque les mets de choix qu'un Vatel élabore
Eurent en nombre immense affadi leurs palais ;
Lorsque les vins fameux eurent à pleine amphore
Coulé blonds comme l'or ou noirs comme le jais :

Lorsque ces mets, ces vins eurent troublé leurs âmes,
A l'heure où le soleil de juillet dit adieu
Aux épis déjà mûrs, les folles jeunes femmes
Sentirent dans leur chair courir un sang de feu.

Alors l'ivresse arrive, une fièvre lubrique,
Ainsi que deux flocons, soulève leurs deux seins :
Et, repoussant du pied la desserte bacchique,
Elles font une ronde au bruit de leurs refrains.

Au sommet de la tour qui déchirait les nues,
Ces filles de Toloze ainsi, le cœur battant,
Comme Sapho jadis ardentes devenues,
Savouraient des plaisirs la coupe en diamant.

« Oh ! » s'écria Laïs « que l'atmosphère est douce !
Que je trouve d'attraits à ce déclin du jour !
L'oiseau de son taillis, l'insecte de sa mousse,
Tout nous envoie ici des effluves d'amour.

Oui, nous sentons l'amour dans cette tiède brise
Qui mêle sur nos cous les boucles de cheveux.
Sans la beauté, l'amour est un bien qu'on méprise :
Laissons voir nos beautés aux silphes amoureux. »

La rougeur au visage et le désir aux lèvres,
Elles jettent soudain les voiles de leurs corps :
Puis, groupes de Pradier ou peintures de Sèvres,
Elles refont la ronde en montrant leurs trésors.

Au sommet de la tour qui déchirait les nues,
Ces filles de Toloze, à la nuit seulement,
Comme Vénus jadis belles et toutes nues,
Posèrent des plaisirs la coupe en diamant. (27)

Paris, 1860.

———

ODE XXXVII

BERTHE LA DÉMONESSE

—

Elle avait de grands ieux Berthe, la jeune fille,
Si grands qu'un cavalier, en passant au galop,
Les vit de loin briller à travers la mantille,
Pareils aux diamants d'un cortès de Séville,
Et que le cavalier aima Berthe aussitôt.

Le coursier, retenu par les mors blancs d'écume,
Dans son élan sauvage à regret s'arrêta ;
Son pied d'airain frappait le roc comme une enclume,
Sa crinière ondulait sur le garrot qui fume :
On eût dit Éoûs sculpté par Canova.

« Aux lisières du bois, enfant de la vallée,
Que cherchez-vous ainsi ? » dit l'écuyer galant.
« Je cherche » répartit la vierge encor troublée
Par l'apparition « cette fleur étoilée
Qui fait savoir combien vous aime votre amant. —

Moi, tout près je connais une grotte secrète
Où bien mieux que la fleur un devin vous dira
Si votre amant vous aime, et si son âme est prête
A s'unir à votre âme en un himen honnête,
Ou si, les amours bus, il vous délaissera. »

« Très noble cavalier, » alors s'écria Berthe
« Veux-tu vers ce devin me guider promptement ? »
Ils marchèrent. Bientôt sous une ronce verte
La grotte, entre deux blocs comme un cratère ouverte,
Apparut, éclairée à peine et tristement.

Ils entrèrent sans peur ainsi qu'en une église :
Et pourtant ce n'étaient qu'horribles détritus,
Des ossements noircis jonchant la terre grise,
Bien plus nombreux que ceux des soldats de Cambise,
Omoplates, sternums, tibias, cubitus :

Et, comme au carrousel le sol sous les comparses,
Comme au bord d'un torrent les galets sous les eaux,
Sous leurs rapides pas craquaient les métatarses,
Les vertèbres parmi les humérus éparses,
Les fémurs entassés sur côtes et frontaux.

Devant Berthe, à la fin, une autre crypte s'ouvre :
Elle voit là des murs plus brillants que les cieux,
Que les nocturnes flots d'une mer qui s'entre-ouvre,
Que le Sanci fameux conservé dans le Louvre,
Et néammoins encor moins brillants que ses ieux :

Et tout au tour, rangés comme une sainte crèche,
Les plus rares bijoux de Corinthe et de Tir,
Des chandeliers ayant un rubis pour bobèche,
Des cristaux où la fleur demeure toujours fraîche,
Et des perles à rendre envieux un vizir.

Et le devin au fond, sur un trépied d'ivoire,
Les regardait venir. Et l'écuyer galant
L'interrogea, disant : « ô vieillard qu'on peut croire,
Berthe a-t-elle fait naître un amour illusoire ?
Berthe a-t-elle, au contraire, un damoiseau fervent ? »

Le devin, ayant lu son livre de cabale
Et relu, répondit « il ne vous aime pas »,
Puis disparut derrière un angle de la salle,
Et l'écuyer, joyeux d'une joie infernale,
Ajouta : « tu le vois, les hommes sont ingrats.

Eh bien ! enfant, je suis celui que l'homme abhorre :
Je cherche une beauté qui veuille mon amour.
Depuis Ève, je l'ai, du conchant à l'aurore,
Cherchée en vain ; je cherche et je recherche encore :
Jeune fille aux grands ieux, je te l'offre à ton tour.

Sous tes pieds ont grincé les os des mille femmes
Dont le dédain pour moi fut suivi de la mort.
Tu périras ici comme ces folles âmes,
Si tu refuses ; mais à moi seigneur des flammes
Si tu donnes ton cœur, tu prendra tout cet or ».

Et Berthe, préférant la fortune au martire,
Après Ève, écouta les propos de Satan,
Bien que le cavalier eût fait place au satire,
Bien qu'elle rencontrât des lèvres de vampire,
Bien que des doigts crochus touchassent son sein blanc.

Or Berthe maintenant est une démonesse
Occupée à tenter les filles aux grands ieux,
Lorsqu'un beau cavalier vient contre une caresse
Leur promettre velour, bagues, laquais, richesse,
C'est elle qui détruit leurs scrupules pieux.

Paris, 1860.

ODE XXXVIII

OSCAR LE MAUDIT

—

Alis était bien belle. Elle avait dans ses ieux
Les rayons de l'esprit, et sur sa gente face
Un sourire semblable au sourire des Cieux ;
Elle avait la blancheur des grands sommets neigeux,
        Et des faons la timide grâce.

Lorsque sur les créneaux de son ducal manoir,
Comme une aire d'aiglons incliné sur l'abîme,
Aux clartés de la lune, elle rêvait, le soir.
On eût dit un Génie occupé de savoir
        Si dans les rocs glissait le Crime.

Souvent son père Urie, des superbes combats
Où le Maure sentit le poids de son épée,
Des assauts où les rois se battaient en soldats,
Et des siéges fumants où les murs croulaient bas
      Contait l'émouvante épopée.

Et c'était un contraste alors attendrissant :
On les voyait assis sur la même escabelle.
La fille aux blonds cheveux, le vieillard au chef blanc,
Elle fixant sur lui son doux regard, pendant
      Qu'il fixait son regard sur elle.

Et, dans les grands salons aux vieux lambris vermeils,
L'aimable enfant du preux, quelques fois comme un ange
A qui Dieu pour joujous prêterait des soleils,
Jouait avec le cor qui sonna les réveils,
      Et le guidon veuf de sa frange,

Et les poignards ayant des chaînes pour baudriers,
Et les haches de fer, et ces immenses heaumes
Qui pourraient abriter plusieurs de nos guerriers,
Et ces cuirasses d'or, et ces larges boucliers
      Trop lourds à présent pour quatre hommes.

Et le duc éprouvait de la joie en son cœur ;
Tant de vertus ornaient sa chère damoiselle !
Pour les serfs elle était la source de bonheur :
Lui tendaient-ils des mains que sèche la douleur,
    Elle y vidait son escarcelle.

Cependant toute joie irrite le démon :
Celle-ci l'irritait plus qu'un flot d'eau bénite.
Malheur ! Il fit bientôt choix d'un vassal félon,
Laid, cruel, et très haut osant porter un front
    Où l'infamie était écrite.

Et, dès qu'il eut ainsi fait choix de ce vassal,
Il grommela : « céans, je vais gagner un âme ».
Or vint l'occasion d'un tournoi général
Où tout page devait sur un fringant cheval
    Rompre des lances pour sa dame.

Le vassal y courut ; le châtelain aussi ;
Même ce fut Alis qui présida les fêtes.
Et le vassal jouteur, aussitôt qu'il la vit,
L'aima d'un sombre amour, d'un amour de maudit,
    Terrible comme les tempêtes.

Les carrousels finis, il revint sous son toit.
Là, troublé dans son sang, il veillait sur sa couche.
« Ho ! je la voudrais bien » disait-il « par ma foi !
Qui donc me livrera cette duchesse ? » — « Moi »
          Répondit une voix farouche...

C'était l'heure lugubre où chante le hibou,
Où le chien fait entendre un jappement qui navre,
L'heure où dans son cachot hurle le pauvre fou,
Où sous la bise froide, ainsi qu'un loup-garou,
          Remue au gibet le cadavre.

L'heure par les sorciers consacrée aux sabbats,
L'heure où le voyageur au carrefour des routes
Voit des mains accroupis lui tendre de longs bras,
Où l'impie orgueilleux qui le jour ne croit pas
          Fait abandon de tous ses doutes.

Mais la farouche voix n'effraya point Oscar.
Elle reprit : « Explique-toi ; la noble femme
Que tu brules d'avoir, la veux-tu sans retard ? —
Oui certe. — Et pour payer le concour de mon art.
          Que me donnera tu ? — Mon âme... »

Il avait reconnu l'infernal visiteur ;
Il prit donc bravement le philtre nécessaire,
Ce philtre pour lequel il eût vendu sa sœur,
Et qu'il serait allé même prendre en fureur
      Dans les entrailles de sa mère.

Voici l'instant... Minuit... Aux flancs du mont à pic,
Oscar grimpe en rampant de crevasse en crevasse :
Il cherche le balcon de la fille d'Uric ;
Et dans l'ombre il a l'air d'un monstrueux aspic
      Qui d'un faible oiseau suit la trace.

Va ! délicate vierge, inconsciente fleur,
Au lubrique soudard tu peux t'offrir sans voile ;
Si ton corps de sa lèvre est souillé, la pudeur
N'aura jamais quitté ton sein pur, et d'horreur
      N'est pas éteinte ton étoile.

Une griffe frappa plusieurs coups au carreau :
« Encor quelques baisers » dit, ivre de délire,
Le damoisel. Un coup retentit de nouveau :
« Encore, encore un peu » cria le hobereau.
      On ouït dehors un gros rire.

L'horrible passion est satisfaite enfin.
Debout ! le créancier réclame sa créance ;
Debout ! traître vassal. Là-bas dans le ravin,
Un sauvage étalon aux noirs sabots d'airain
     Bat le granit d'impatience.

« Me voici » dit Oscar. L'autre prit le chrétien,
Et soudain l'emporta sur la bête puissante ;
La quelle, crins au vent, sans bride qui retient,
Plus prompte qu'un lion dans le cirque païen,
     Se précipita sur la pente.

Et l'on se dirigeait en face, sans détours :
Et l'animal allait, allait, vivante trombe.
Satan (nos éperons eussent été trop courts)
Lui déchirait les reins qui rendaient des bruits sourds
     Comme un soupir dans une tombe.

Au galop ! les cailloux fendus lançaient du feu :
Les écos répétaient les chocs du fer sonore ;
Sur le fonds du seigneur et sur le franc alleu,
Il courait, il volait. Bientôt dans le ciel bleu
     De l'orient monta l'aurore.

Au galop ! L'air manquait à la gorge d'Oscar :
Demi-mort, il voyait paraître, disparaître,
Ainsi qu'un tourbillon, ainsi qu'un cauchemar,
Les prés avec leur foin, les bœufs avec leur char,
    Et les troupeaux en train de paître.

Vite, vite, au galop ! Au splendide horizon
L'astre éclatant rendit sa splendide lumière.
Rien n'arrêtait, ni bois, ni coteau, ni vallon :
Une rivière à lui s'offrait-elle, d'un bond
    L'animal sautait la rivière.

Au galop ! Sur leur pas le reptile fuyait.
Au galop ! Tout au tour, comme sous le rafale,
La feuille frémissait, la branche s'inclinait.
Au galop ! De la gueule et des naseaux sortait
    Un jet de flammes en spirale.

Au galop ! Accouraient du bourg les paysans,
Mais ils ne trouvaient plus que la poussière grise :
Entre eux et les fuyards étaient déjà vingt champs,
Et l'on n'entendait plus que les rugissements
    Du démon effleurant l'église.

Plus, plus vite, au galop ! Par fois le chevalier
Murmurait : « une soif ardente me consume,
Pitié ! je tombe ». Alors Lucifer, pour étrier,
Mettait ses doigts crochus, et, pour eau, du coursier
            En ricanant baillait l'écume.

Au galop, au galop ! Et l'archange du mal
Sans cesse ranimait la fumante monture.
Sur la croupe blessé, se tordait le vassal :
Mais de ses crocs Satan l'y clouait, comme un pal
            Qu'on plante dans la terre dure.

Et vint le crépuscule... Et vint encor la nuit...
Et puis encor l'aurore... Et puis ce fut le terme :
Devant eux apparut la plaine qui reluit,
Le gouffre gigantesque où chaque torrent fuit,
            La vaste mer qui nous enferme.

Et si là s'arrêta ce funèbre hussard,
C'est que ne pouvait plus aux géhennes profondes
La victime échapper : là ni croix par hazard
Ni prêtre, et pour laver de son forfait Oscar
            La mer n'avait pas assez d'ondes.

                                  Nice, 1861.

ODE XXXIX

LES VOIX DES ALPES-MARITIMES

—

O palmier, dont la branche plie,
Comme une verte panoplie ;
Cactus, dont le fruit est armé;
Frileux citronnier qui nous donnes,
Changeant l'année en quatre automnes,
Sans cesse un jus si parfumé :

Aloès, dont l'altière hampe
Ressemble à la mistique lampe
Que le prophète vit surgir,

Toi qui mets un siècle à produire
L'étrange ombelle qui doit luire
Juste à l'heure où tu dois mourir ;

Olivier au vaste branchage,
Qui le long de notre rivage
Épanches ton liquide d'or ;
Pin résineux et salutaire,
Sous le quel va le poitrinaire
Humer l'arome qui rend fort ;

O blonds enfants à brune tête,
Qui, sur les bords de la Croizette,
Dans le sable humide à genoux,
Creusez des puits où l'eau s'amasse,
Et sautez avec tant de grâce,
Et riez d'un rire si doux ;

O prés de Laval, ô collines,
O sentiers bordés d'aubépines,
O pics aigus de l'Esterel ;
O grande mer, mer transparente,
Où de toute éternité chante
La vague un cantique éternel ;

O fleurs brillantes, fleurs mignonnes,
Jasmins, jonquilles, anémones,
Fleurs d'oranger, fleurs de lilas,
Au couleur de flamme ou de neige,
Qu'à leurs palettes le Corrège
Ni le Titien n'avaient pas ;

O chardonnerets, ô linottes,
De la bastide aimables hôtes,
Libres dilettantes de l'air ;
Pinsons, rossignols et mésanges,
A qui font répéter les anges
En plein janvier un gai concert ;

O papillons, ô bestioles
Qui nous montrez parmi les saules
Votre corselet de saphir,
Et dont les ailes étincellent
Comme les perles que recellent
Les bazards de la vieille Ophir :

O soleil source de lumière,
Qui montes splendide derrière
Les gris rochers du cap Martin,

Et donc l'éclat, doublé par l'onde,
Des autres soleils de ce monde
Ferait pâlir l'éclat mesquin ;

Rameaux persistants de nos arbres,
Bois ouvragés, superbes marbres
Qu'anima notre Bosio ;
Bleu pertétuel de l'espace,
Sachets qu'on emporte de Grasse
Jusqu'au bords de l'Ontario ;

O vous, vous tous, êtres et choses,
N'est-ce pas que vos lèvres closes
Disent fièrement en tout lieu,
Mieux que ma lire insuffisante
Que, malgré Séville et Sorrente,
Nous sommes les gâtés de Dieu !

                              Nice. 1865.

ODE XI.

RUE BIVOUAC-NAPOLÉON

———

C'est là qu'il s'arrêta. Là, sur des dunes basses,
Dans le sable, poussaient alors de maigres joncs ;
Et Canne autour du vieux château plein de crevasses
    Groupait ses modestes maisons.

Il avait touché terre au golfe; son armée
Bien petite comptait des soldats au cœur fort ;
Et l'aigle, qu'implorait la patrie alarmée,
    Allait reprendre son essor.

Ils s'arrêtèrent là, de nuit, près du rivage.
Le feu de leur bivouac jetant une lueur,
La nouvelle bientôt agita le village :
    Chacun courut vers l'Empereur.

Or l'Empereur, pensif, un pied devant la flamme,
Se reposait debout, au dieu Janus pareil :
On eût dit qu'à l'ardeur immense de son âme
    Suffisait un demi sommeil.

Nos pères ont conté leur surprise inouïe,
Et comment il requit cinq mille rations, (28)
Et comment ils auraient donné jusqu'à leur vie
    A ce vainqueur des nations.

Et le héros partit. Et les gamins de Cannes
Le suivirent, criant tous « vive l'Empereur ! »
Doux présage ! Les cris de ces naïfs organes
    Semblèrent lui porter bonheur.

Car de Canne à Paris la marche fut si grande,
Si prompte que les temps passés n'ont rien de tel,
Et que pour les cent jours l'Histoire et la Légende
    Auront le même Parrocel.

Le prés e pourtant n'était pas sans mélanges,
Comme sont les plaisirs mistiques d'un profès :
Notre hospitalier sol à côté des oranges
  Montrait l'épineux aloès.

Un témoin, dont la lèvre aussi blanche que neige
Ne ment plus, m'a juré qu'il vit Napoléon
S'isoler un instant du belliqueux cortège
  Et sonder au loin l'horizon ;

Que ses beaux ieux cherchaient, en ce moment suprême,
A lire l'avenir au firmament vermeil,
Leur lumineux éclat semblant dépasser même
  Le brasillement du soleil ;

Qu'alors, de notre tour des Templiers, à la Castre,
Sortit une ombre, mi pontife et mi guerrier,
Comme on en voit toujours précéder un désastre ;
  Que c'était l'ombre d'un Templier ; (29)

Et qu'abordant le chef à la vaillante épée,
L'ombre dit : « Autrefois des vaincus, à genoux,
Nous chantaient... Et, malgré notre mâle épopée,
  Le bûcher s'alluma pour nous.

Nous possédions de l'or et de riches bannières,
Et des castels nombreux avec de hauts créneaux...
Et cependant un jour nos légions entières
        Eurent de précoces tombeaux.

Tu reviens, fier génie, aux luttes éclatantes ;
C'est inutile... Au ciel ton rayon a pâli,
Il ne veut plus de toi ce destin que tu tentes,
        Marmont va s'appeler Grouchy »

                            Nice, 1865.

ODE XLI

LA SAINT JEAN

———

Voici le soir de la saint Jean,
A-t-on préparé l'herbe jaune, (30)
Le mirthe, le thim odorant,
Et les vieux ais que chacun donne ?

Ces débris de meuble, placés
En bucher devant chaque porte,
Rappellent les hommes passés
Aux hommes que la vie apporte.

Voyons ! voyons ! comme autrefois
Peutêtre on célèbre la fête,
Cent feux s'allument à la fois
De l'Estérel à la Croizette.

Au bruit des naïves chansons
On attise ces feux de joie ;
En éblouissant tourbillons
Bientôt la flamme se déploie.

Aux tresses sèches de sarment
Le buis et le pin verts s'unissent ;
Aussi sur notre firmament
Des millions d'étoiles pàlissent.

Admirez. Un nuage sort
Des plantes aux acres aromes.
Un autre, et puis un autre encor,
Poussés par d'invisibles gnomes :

Et tous ces nuages aux cieux
Forment une voûte embaumée.
L'ange a beau regarder : ses ieux
Perdent Cannes, sa bien-aimée.

Des plaisirs champêtres et doux
Tous les Cannois vident le verre :
Saint Jean est un patron pour tous.
Et la saint Jean a tous est chère.

Oh ! quel bonheur pour les enfants !
Comme ils courent et comme ils rient!
Par-dessus les brasiers ardents
Ils sautent, et les mères crient.

Des convives, dès le matin,
A mainte table ont trouvé place ;
Or, la Gaîté versant le vin
Les Ennuis ont fui dans l'espace.

Sur chaque foyer qui s'éteint
Bientôt naît un duvet de cendre.
Mais ce n'est pas encor la fin,
Quelque chose se fait entendre.

Quel est donc ce crépitement ?
Est-ce une lointaine mitraille ?
Est-ce une troupe d'Ossian
Qui heurte ses côtes de maille ?

12

On voit d'étincelants sillons
S'entre-croisant comme la foudre ;
On se croit parmi les démons,
Et l-on sent l'odeur de la poudre.

Illusions !... durant la nuit
Plus de ces luttes par les rues.
Adieu le fantastique bruit ;
Les lumières et les cohues !

Où sont les chants ? où sont les feux
Que parfumaient nos herbes jaunes ?
Et les serpenteaux lumineux
Qui couraient après les personnes ?

Ils sont morts, morts avec le mai,
Avec les rondes enfantines,
Avec les vers qu'on déclamait
Aux épousailles des voisines.

Le siècle est, dit-on, trop savant
Pour ces vieilles réjouissances.
Oh ! qu'il me rende la saint Jean,
Et je lui rendrai ses sciences.

Nice, juin 1865.

ODE XLII

LES GRIMALDI DE MONACO

—

I

Malheureux pêcheur ! sur la mer
Où ta barque, sœur des mouettes,
Indécise entre l'onde et l'air,
Glisse et vole, est-ce bien l'éclair,
Précurseur des âpres tempêtes,
Qui précipite ainsi tes mains ?
Non c'est la peur des Sarrazins
Dont tu vois poindre les goilettes.

Malheureux berger ! sur le mont
Où l'eau des cascades étanche
Dans des abreuvoirs de gazon

La soif du troupeau vagabond,.
Est-ce bien la brusque avalanche
Qui te fait fuir aux pics lointains ?
C'est la hache des Sarrazins
Dont le fer des deux côtés tranche.

Malheureux paysan ! tes blés
Sont tombés drus sous la faucille,
Tes fenils de foin sont comblés,
Tes vins de Bellet sont sablés,
Pour toi l'olivier éparpille
Ses fruits plus doux que le satin :
Et tout à coup le Sarrazin
Prend ces trésors de ta famille.

Malheureux couvents ! si vos murs,
A ceux qui vivent de prière,
Procuraient des aziles sûrs
Contre les rançonneurs impurs,
Maintenant ils gisent à terre,
Parmi les ronces et les pins :
C'est que par là les Sarrazins
Ont éclaté comme un tonnerre.

Malheureux, malheureux pays !
Lève donc la tête, ô Provence.
Vois : tes rivages sont conquis,
Tes enfants captifs à Tunis.
Où donc est-elle ta vaillance ?
Rien ne bat-il plus sous ton sein ?
Par le Christ ! sus au Sarrazin,
Sus ! c'est l'heure de délivrance.

II

Un Grimaldi, deux cent vingt ans passés,
Etait déjà si grand chef que les Mores
Des frascinets avaient été chassés (31)
  Dans l'espace de quatre aurores.

Or pour ce siècle encore Dieu fit choix
D'un Grimaldi, guerrier de forte race
Qui chevauchait sans détourner la face
  Devant l'ennemi de la croix.

A Monaco, falaise où naît l'agave
Et que la mer enserre de flots bleus,
Vivait ce brave entre les autres brave,
    Ce preux entre les autres preux.

Les musulmans respectaient ses domaines,
Car chaque fois qu'ils étaient survenus,
Au pied du roc ils étaient par centaines
    Restés dans leur sang étendus.

C'est que Guido, le gagneur de batailles,
Dont l'œuil d'aiglon semblait lancer du feu,
A lui tout seul valait plusieurs murailles
    Avant d'être l'élu de Dieu.

De Charlemagne il avait la stature ;
Et, sous son bras tendu vers l'horizon,
Un hobereau pouvait avec l'armure
    Passer sans incliner le front.

Dieu le bénit, et bénit son épée.
Soudain Guido sut trouver dans son cœur
Les vrais accents ; et la triste contrée
    Sortit enfin de sa torpeur.

A son appel s'agita la Provence,
Chacun se mut sous le soufle divin,
Aux vieux beffrois, retentit le tocsin :
    C'était l'heure de délivrance.

III

On les vit accourir les nobles chevaliers,
La lance au poing, le heaume en tête, en fière troupe ;
Et sur les reins fumants des rapides coursiers,
    Ils apportaient la Mort en croupe.

Tous, Miro le niçois, Beuvon de Sisteron,
Atanulfe, Ingelbert, Conrad de Vintimille.
Et Guillaume, et Raimbaud d'Orange, tous ils ont
    Une cuirrasse d'or qui brille.

« Dieu le veut ! » c'est leur mot de guerre trois fois saint.
Aux abords redoutés de la forêt des Mores,
Ces ardents Provençaux surgirent un matin
    Comme de vengeurs météores.

Et Grimaldi si bien frappa les mécréants
Qu'il n'en resta pas un pour pleurer la défaite,
Et que le suzerain lui donna beaux et francs
    Les champs entiers de la conquête.

Et puis du col de Tende au col de l'Estérel,
De la sorte partout alla vaincre l'armée ;
Bientôt les Sarrazins n'eurent plus un castel,
    Plus, une galère arrimée.

On reprit Moulinet, le Boron, Castellar,
Marchant droit, le soleil éclairant ce beaux drame ;
De quartier, point ; au ciel montaient de toute part
    Cris de mourants et jets de flamme.

C'étaient de rudes coups et des sauts de lion.
On cherchaient la vengeance et non la vaine gloire.
Ils l'eurent notre sol, mais couchés de leur long,
    Ces envahisseurs à peau noire.

Dès ce jour, à jamais, du Sarrazin maudit
Tu fus débarrassée, ô ma chaude Provence.
Chaque fois que pour toi luttait un Grimaldi,
    C'était l'heure de délivrance.

Nice, 1866.

ODE XLIII

LA MÈRE CORSE

Ton père ! il est mort aux makis,
Frappé d'une balle assassine ;
Tu te souviendras, ô mon fils,
Quand tu tiendras la carabine,
Que ton père est mort aux makis.

O Pietro, que ma main te berce,
Et moins lourd me paraît l'ennui ;
Ma vie en toi seul se déverse :
C'est pour ton père, c'est pour lui,
O Pietro, que ma main te berce.

Je te nourris d'un mauvais lait,
Mais un jour tu boiras un verre
Du sang de l'ennemi tué ;
Pour t'inoculer la colère,
Je te nourris d'un mauvais lait.

•Oh ! ce beau jour de la vengeance,
Quand au mont Rotonde il luira,
Ta mère avec impatience
En t'offrant la poudre dira :
« Oh ! ce beau jour de la vengeance ! ».

Tes pas iront sonder la nuit,
Et nos deux cœurs seront en fête ;
Car c'est pour ton père, pour lui,
Qu'à travers la forêt muette
Tes pas iront sonder la nuit.

Moi, je l'ai reconnu, le lâche :
Je t'indiquerai sa maison,
Son mulet, son char et sa vache ;
A l'air insultant de son front,
Moi, je l'ai reconnu, le lâche.

Si je puis tremper son mouchoir
A sa blessure chaude et grande,
J'irai le présenter, le soir,
A sa veuve, comme une offrande,
Si je puis tremper son mouchoir.

Tu fis tressallir mes entrailles,
Quand l'horrible nouvelle vint ;
Dans notre champ plus de semailles,
Depuis l'instant où dans mon sein
Tu fis tressaillir mes entrailles.

Au toit la gaîté reviendra,
Sitôt que je serai vengée.
Vif espoir ! comment sans cela
Promettre à l'épouse outragée
Qu'au toit la gaîté reviendra ?

Tu prendras une épouse fière
De voir ton courage applaudi ;
Oui, dès que ton arme par terre
Aura jeté ton ennemi,
Tu prendras une épouse fière.

Sois vite un homme, ô mon trésor ;
Suce des ans à ma mamelle ;
A fin de rendre mort pour mort,
Et ruine pour ruine éternelle,
Sois vite un homme, ô mon trésor.

En attendant, ma main te berce
Dans cet osier mouillé des pleurs
Que mon œuil flétri toujours verse :
Tu seras le roi des vengeurs:
En attendant, ma main te berce.

Nice, 1868.

ODE· XLIV

LES TROIS SŒURS PROVENÇALES

——

On peut vanter la Flégère
D'où le chamois fuit d'un bond,
Où les torrents en colère
Creusent le gouffre profond :
Aux Alpes, moi, je préfère
Nice, Cannes et Menton.

Les antiques Pyrénées
Montrent, près de Castel-vieil,
Des cimes que n'a foulées

Encor nul humain orteil :
Plus haut par moi sont placées
Les assakis du soleil.

Ces monts ont en abondance
Des lacs dans leurs vastes creux,
Où sur l'azur se balance
Le nénufar gracieux :
Notre mer, lac plus immense,
A des fonds tout aussi bleus.

De l'if triste est le feuillage,
Triste celui du sapin :
Nous avons sur notre plage
Le bigarradier qui vint
Du champ des Abéncérage.
Et l'arbre d'olives plein.

L'aloès ici dilate
Sa tige en forme de jue ;
Du cactus la figue flatte,
Comme les marrons du Luc ;
Nous cueuillons la noble datte
Et la carroube au doux suc.

Que j'aime ce coin de terre,
Que j'aime cet autre Éden,
Compris entre l'onde amère,
L'Estérel où croît le pin,
Le mont Cau veuf de bruyère,
Et le joli cap Martin !

C'est Cannes, mon adorée,
Cannes, la cité villa,
Cannes, toute festonnée
Comme un trône de rajah,
A qui de la Grande Armée
Le dieu mit un noble éclat.

C'est Nice, la belle Nice,
Que le bronze, le portor
Et la palme toujours lisse
Ornent du Magnan au port,
Où duc, prince, impératrice
Viennent prodiguer leur or.

C'est Menton, la plus coquette,
Fière de ses citronniers,
Qui porte comme une aigrette

Ce donjon où des guerriers
Jadis restaient en védette
Contres les Mores routiers.

Toutes trois ont l'apanage
Des parterres sans pareil,
Des vifs parfums que dégage
Chaque aurore à son réveil,
D'un resplendissant rivage,
Et d'un firmament vermeil.

Toutes trois au poitrinaire
Dans le calice des fleurs
Offrent la santé si chère ;
Toutes trois ont des douceurs
Qui de l'humble prolétaire
Sèchent bien vite les pleurs.

Villes aux grises collines,
Dont les filles ont l'œuil noir
Et portent les capelines,
Dont la baie est un miroir
Où de gentilles ondines
Se contemplent chaque soir ;

Villes que le touriste aime,
Plus aimables mille fois
Que Londres et Paris même,
Malgré leur puissante voix,
Malgré leur fier diadème,
Malgré leurs palais de rois ;

O villes que je préfère
A toutes les villes d'eaux,
O gai pays où ma mère
Me berça devant les flots,
Je vous chante, et je n'ai guère
Hélas ! d'assez dignes mots.

Mais ce que ressent mon âme,
Mais ce qu'éprouve mon cœur,
Langue d'amour et de flamme
Que comprend seul le Seigneur
N'en n'est pas moins le dictame
Répandu sur mon malheur.

Nice, 1868.

ODE XLV

LE CHIEN DE CHASSE

—

Phanor, j'ai bouclé ma guêtre,
Phanor, j'ai mis mon carnier ;
        Est-ce au maître,
Phanor, d'être le premier ?

Vois : les perles de rosée
Rendent la crête des monts
        Irisée
A l'approche des rayons.

Entends : la sauvage agace
Fuit l'odorant nid de pin,
   Et jacasse
Pour saluer le matin.

Tiens ! c'est la caille hâtive
Sous les blés mûris et droits,
   C'est la grive,
C'est le merle au fond du bois.

Du grand olivier au chêne
Se répondent les pinsons ;
   Val et plaine
Retentissent de chansons.

Et toi, paresseux, encore
Tu dors d'un sommeil pesant,
   Et l'aurore
A ton chenil te surprend.

Allons ! allons ! Le genièvre
Bout dans le flacon ventru,
   La poudrière
Est rase, et le plomb est dru.

J'ai ma vieille arme fidèle
Fourbie à neuf depuis hier :
        Avec elle
J'aurai la foudre et l'éclair.

Joyeux compagnon de chasse,
Compagnon au poil tout noir,
        Je me lasse
De ne point t'apercevoir.

Ah!... c'est Phanor qui m'aboie:
Le voici, l'ardent Phanor :
        Dans sa joie
Il bondit, il lèche, il mord,

Comme nous allons ensemble
Courir les lièvres ! Déjà
        Il me semble
Qu'en mire mon doigt les a.

Au terrier, à la charmille,
Cherchant là, cherchant ici,
        Du bon drille
Jamais le flair n'a failli.

Mon simple sifflet l'excite
Mieux que les sonores cors ;
      Il ne quitte
Les chevreuils qu'une fois morts.

Tudieu ! que te voici crâne !
Tu plairais à saint Huber.
      Quel profane
N'admirerait ton bel air ?

Brave troueur de bruyère,
Tu serais digne d'un roi :
      Je préfère
Néanmoins t'avoir pour moi.

Sus! puisque ton œil fier brille,
Puisque tu jappes si fort,
      A la grille
Et puis aux champs, mon Phanor.

            Nice, 1868.

ODE XLVI

L'HIRONDELLE

—

J'entends, au-dessus de ma tête,
Aussi haut que peut le poète
    Monter par les rêves d'or,
Une petite note aigüe
Qui, perçant l'espace et la nue,
    A la terre arrive encor.

Et ce petit cri se répète,
Gai comme les gais airs de fête
    Du fifre et du tambourin,

Lorsque parmi nous le village
Donne les cœurs au romérage
   Et les paroles au saint.

C'est le doux cri des hirondelles
Qui reviennent à tire d'ailes
   D'Alger, voisin du désert.
Leur bande, d'un seul vol immense,
A fin de revoir la Provence,
   A passé la vaste mer.

L'affection fut leur boussole ;
Pour elles l'étoile du pôle,
   C'était ici le vieux nid,
Ce nid construit d'argile dure.
Qui toujours reste à la toiture,
   Comme un manitou bénit.

N'avez-vous point, ô mes pauvrettes,
De quelques cutters ou goilettes
   Au large trouvé les mats,
Pour vous reposer demie heure,
Lorsque loin était la demeure,
   Fort loin, et vos muscles las ?

Les matelots, sur l'onde amère
Qui de toute part les enserre
 Avec son cercle géant,
Joyeusement vous auraient vues
Et vous auraient même pourvues
 De miettes de pain blanc.

Mais vous avez craint l'esclavage,
Et vous avez filé, je gage,
 Avides de liberté,
Bravo ! La liberté sans cesse
Sera la plus fière richesse
 Dont on puisse être doté.

Vous venez, gentes pèlerines,
Et nous revoyons aux collines
 La parure du printemps :
On dirait vraîment que vous-mêmes
Apportez des pays extrêmes
 Les jolis boutons naissants.

Qui le sait ? Vous avez peutètre
Reçu du magnanime maître
 Qui fit l'univers d'un mot,

Une mission plus sublime !
Vous consolez bien la victime,
   A la grille du cachot.

Le long des plaines effroyables
Où des sphinx gisent dans les sables,
   Votre bec a picoté ;
Aux crevasses des Piramides
Vous avez pris des arachnides :
   Quelque chose en est resté.

Approchez donc de ma fenêtre,
Pour que je puisse reconnaître
   Celle qu'orne mon ruban ;
Celle-là sans doute à l'oreille
Me racontera la merveille
   Des oasis d'Orient.

Voletez, charmantes compagnes ;
Faites luire dans nos campagnes
   Votre corsage si noir ;
Sur l'eau de nos bassins murée,
Prenez l'insecte à la volée,
   Du matin jusques au soir.

Mêlez-vous aux palmiers de Nice ;
Réséda, jasmin et narcice
    Vous regardent comme sœurs ;
Tous, annoncez les nuits plus belles ;
Seulement vous, les hirondelles,
    Êtes de vivantes fleurs.

Que d'une de vous la famille
A mon auvent naisse et babille :
    Elle aura des moucherons
Par moi préparés à l'avance,
Car votre innocente présence
    Porte bonheur aux maisons.

Nice, avril 1868.

ODE XLVII

L'ORANGER

—

Chaque ville au céleste lieu
A son bon ange tutélaire.
Les nôtres une fois à Dieu,
Dans le saint temple de lumière,
Firent si belle leur prière
    Que Dieu sourit. (32)

Alors Dieu, pour récompenser
La belle oraison de nos anges,
De l'arcane où vont s'entasser

Tous ses enfantements étranges,
Tirant un tronc couvert d'oranges.
     Le leur offrit.

Et nos anges, en revenant
Sur notre poétique plage,
Apportèrent le fier présent,
Et le plantèrent au rivage ;
Et depuis ce jour son ramage
     Chez nous verdit.

Oh ! c'est bien un cadeau divin,
Cet oranger que chacun aime,
Cette merveille de jardin,
Cet arbre qui dispute même
Au grand palmier le rang suprême.
     Cet arbre ami !

En hiver, il y a des fruits d'or
Qui font plier la lourde branche,
Où l'enfant à pleines dents mord,
Dont le jus abondant étanche,
Et dont mainte corbeille blanche
     Vingt fois s'emplit.

Au printemps, il a tant de fleurs,
Des fleurs tellement odorantes,
Qu'on dirait que les Grands Seigneurs,
Les rajah des Indes brûlantes,
Et les cheiks des sauvages tentes
     Règnent ici.

En été, c'est le gai pinson
Qui chante dans son gai feuillage :
Et, quand l'ombre descend du mont,
Les fillettes au fin corsage
Dansent les rondes du village,
     A son abri.

C'est lui qui procure cette eau
Que l-on boit sur toute la terre,
Si propice contre le chaud,
Aux pauvres malades si chère ;
Et c'est lui dont la feuille amère
     Souvent guérit :

Et c'est lui dont le joli bois
Forment des meubles magnifiques,
Dont l'essence vaut mille fois

Les aromes Asiatiques,
Et dont les scions rachitiques
    Servent aussi.

Et de ses vifs parfums Menton,
Cannes et Nice font commerce :
Dans le monde entier, à foison,
La main de nos Rimel les verse,
Jusque chez les femmes de Perse
    Au front bruni.

Que d'espèces ! Le limetier,
Le citronnier à l'aigre gousse
Le fleurissant bigarradier,
Le lumie et le pamplemousse,
Et le bergamotier, tout pousse
    Comme à l'envi.

Et le cédratier vigoureux,
Dont la pomme est un vrai miracle,
Que jadis portaient les Hébreux
A la fête du tabernacle,
Semblent compléter ce spectacle
    Qui nous ravit.

Et ce sont tous des orangers
Debout dans la rase compagne ;
Aucun mur de verres légers
En janvier ne les accompagne,
Tandis qu'ailleurs le froid les gagne
    Et les flétrit.

C'est que nous avons un soleil
Qui brille toujours sans nuage
Et dont un lac toujours vermeil
Renvoie encor l'ardente image ;
C'est que l'oranger est un gage
    Que Dieu remit.

Sinon, pourquoi dans d'autres champs
Ne vient-il pas l'arbre sublime ?
On en priva les habitants
Pour les punir de quelque crime :
Il y fallait un sol intime,
    Un sol bénit.

Que Dieu nous laisse ce trésor,
Cette gaîté, cette délice,
Préférable à l'écrin d'un lord !

Que dans Cannes, Monaco, Nice
Et Menton l'oranger fleurisse,
    Sans nul répit.

Qu'à fin d'en bien respirer l'air,
Des touristes l'heureuse foule
Revienne chez nous chaque hiver !
Sa sève est la santé qui coule,
Et son doux branchage s'enroule
    Comme un doux nid.

                    Nice, 1868.

ODE XLVIII

VRAIS CHASSEURS

« Noirs, amenez les cavales ;
Serrez les sangles de cuir :
Au sifflement de nos balles,
A travers les cucubales,
Le libre bétail va fuir.

Il faut que notre main sûre
Jette aussi les prompts lazzos.
A fin que notre capture
Tombe en vie et sur la dure
Souffle des fumants naseaux.

En course, allons ! mes esclaves ;
Du sang sous les éperons ;
Plus de mesquines entraves ;
Au galop, comme des braves
Chargeant des rangs de canons !

Les voici les bœufs, ensemble
Avec les taureaux ardents.
Ça ! qu'il s'en retourne à l'amble,
Celui d'entre nous qui tremble,
Celui dont claquent les dents. »

-- « Nous voulons tous la curée.
Hourra ! bataille aux troupeaux !
Perçons en vivante épée
Cette vivante mêlée
Dont nous convoitons les peaux. »

Bêtes et gens se dispersent.
Quels cris ! quels mugissements !
Gare aux cornes qui renversent,
Et qui très souvent traversent
Le poitrail nu des juments !

Un bœuf est frappé, tout fauve
Et tacheté de poils gris ;
Un autre tout blanc se sauve ;
Une génisse au front chauve
Bat ses flancs dans un taillis.

Deux taureaux à l'œil sauvage
Font tête à deux cavaliers :
Comme le jais d'un corsage
Brille leur sombre pelage,
On comprend qu'ils sont entiers.

Elle est bien vaste la plaine,
La plaine du chaud Texas ;
L'aigle la mesure à peine ;
A la franchir d'une haleine,
Un vieux cerf tomberait las ;

Ses fossés sont des rivières ;
Ses herbages sont si hauts
Que sans toits et sans barrières,
Vingt mille vaches laitières
Y paissent avec leurs veaux.

C'est dans cet immense espace
Qu'ils chassent tous à cheval ;
Et, pour faire cette chasse,
Il leur faut bien plus d'audace
Qu'aux rocs aigus de l'Oural.

« Assez, nègres. La lumière
N'apparaît plus qu'à l'ouest.
La journée est close et fière :
Deux cents bœufs gisent à terre,
Les grands chars auront du lest.

Bien ! pas la moindre blessure
Pour aucun de vous. Ce soir,
La case aura, je vous jure,
Délicate nourriture,
Vins de France et mots d'espoir. »

Nice, 1868.

ODE XLIX

HASSAN-BEY

—

L'amour est une coupe pleine,
Plein d'absinthe jusqu'au bord :
Qui veut la vider d'une haleine,
Laisse un dernier coup pour la Mort.

Hassan buvait à cette coupe
A longs traits, comme un voyageur
Qui s'est écarté de sa troupe,
Au pied d'un puits réparateur.

Hassan, sous les lois du Prophète,
Avait pu faire de ses jours
Une continuelle fête :
Et le Turc riait des Giaours.

Parmi tous ceux que Stamboul cite
Brillait le harem d'Hassan-Bey,
Ainsi qu'un tableau d'Isabey
Parmi des toiles sans mérite.

C'étaient des bassins odorants,
Des marbres criblés d'arabesques.
Des lustres, et de mous divans,
Et de voluptueuses fresques.

Et des cristaux gorgés de fleurs,
Et des esclaves demi-nues,
Et de fines gazes tendues
Contre l'insecte des chaleurs.

Et lorsqu'Hassan avec ses femmes
Devisait les jambes en croix,
Toutes quinze au son de sa voix
Semblaient suspendre leurs quinze âmes.

Car elles étaient au harem
Quinze sultanes ravissantes,
Roses du paradis vivantes
Que respirait ce fils de Sem.

Et lorsqu'Hassan était en joie
Pour avoir dans les sables chauds
Abattu quelque noble proie,
Quelque panthère au souple dos.

Hassan jouait un air de guerre
Sur ce sistre, aussi prestement
Qu'il avait aux combats souvent
Manié son lourd cimeterre.

Et les femmes d'Hassan soudain
Dansaient sur des peaux de lionnes,
Les bras recourbés en couronnes
Et lustrés comme du satin.

Elles dansaient, les filles d'Ève,
Sans souci de leurs doux trésors ;
Et le prince admirait leurs corps
Eblouissants de jeune sève.

C'est la négresse du Soudan,
Aux seins de jais, aux dents d'ivoire,
Dont l'épaisse lèvre fait croire
Que ses baisers pompent le sang :

C'est la svelte Circassienne,
Dont l'œuil fendu lance l'éclair,
A qui son torse donne l'air
D'une Vénus Pompéïenne ;

C'est l'enfant du sol où toujours
Règne le fanatique bonze,
Telle qu'une statue en bronze
Dont Rude eût sculpté les contours :

C'est cette blonde créature
Que forment les glaces du nord,
A qui les blés prêtent leur or
Pour en faire sa chevelure ;

C'est la Germaine au teint fleuri,
Aux membres durs, aux rousses tresses,
Dont les amoureuses rudesses
Plaisent aux détracteurs d'Ali.

Toutes étaient représentées
Dans les quinze femmes d'Hassan.
Ces perles par Allah jetées
De l'occident à l'orient.

C'était une lubrique danse,
Chaque fois qu'Hassan le voulait :
Au lieu du vif nectar de France,
Le vin des passions coulait ;

Et chaque fois l'orgueilleux maître,
Au fond de son harem fermé,
Voyant ces groupes, pensait être
Roi des houris de Mahomet.

En ce brulant sensualisme,
Ainsi passèrent jours et jours.
Vrai croyant, fier de l'islamisme,
Hassan se moquait des Giaours.

Mais, à quarante ans, de la vie
La source en lui se dessécha ;
Il s'éteignit sans maladie,
Sous le ciprès on le coucha.

Ce qu'un Giaour traite de vice
Pour un Sunnite est-ce vertu ?
Où l'esprit, où le cœur s'est tu,
Tout plaisir n'est-il pas factice ?

La coupe d'amour jusqu'au bord
Contenait une liqueur forte.
Hassan y buvant de la sorte,
Le dernier coup fut pour la Mort.

Nice. 1868.

ODE I.

GARIBALDI

—

Le génie est comme une étoile
Que pas un nuage ne voile,
Il brille sur l'humanité :
Dès que cette lumière sainte
A fait resplendir quelque enceinte,
C'est que Dieu bénit la cité.

Et Nice fut ainsi bénite,
Quand sur sa baie où l'ange habite
Garibaldi reçut le jour ;

Elle allait offrir à la terre
Le noble apôtre humanitaire,
Le noble apôtre de l'amour.

Garibaldi, nom bien sonore
Qui du couchant jusqu'à l'aurore
Retentit par tout l'univers !
Garibaldi, doux sinonime
D'abnégation magnanime
Dans un cœur grand comme les mers !

Aux rases plaines des deux mondes,
Et sur le dos mouvant des ondes,
Et sur les pics il a lutté,
Pour tous les peuples en souffrance,
Sans subside, sans récompense,
Par sa seule vertu poussé.

D'autres ont la froide statue
Qui sur le forum perpétue
Leur équivoque souvenir ;
Lui, pour éterniser sa gloire,
Des peuples aura la mémoire,
Ce livre qui ne peut finir.

Le fils ardent de l'Italie,
Le voyez-vous qui se rallie
Au mâle rappel du clairon,
Quand le lion brise sa chaîne,
Et la vieille cendre Romaine
Va redevenir nation ?

Ce n'est plus la lointaine guerre;
Ce n'est plus le brig du corsaire,
Ni la célèbre Tapéra,
Ni la malheureuse bataille
Où sous les coups de la mitraille
Un sceptre illustre se brisa :

Ce n'est plus Velletri, ni Rome,
Ni la proscription : c'est Come,
Varèse, Calatafimi ;
C'est la merveilleuse conquête
D'un sol où couvait la tempête
Au tour d'un monarque endormi.

Quels fiers exploits ! Jamais l'histoire
N'a fourni leçon plus notoire ;
Pour les Bourbons l'arrêt est là,

Sans appel et sans espérance,
Entre les cent jours de la France
Et les mille de Marsala.

Braves jeunes gens que ne guide
Aucune ambition avide,
Et que reprend la pauvreté,
Sitôt qu'est tombée une idole
Devant leur rouge camisole,
Cette pourpre de liberté.

Or le soldat citoyen donne
Une belle et riche couronne,
En un éclair, au soldat roi ;
Puis, dans son sublime sistème
Ne réservant rien pour lui-même,
Retourne à son ilot étroit.

Homme légendaire, homme antique,
Rayonnement de république,
Vengeur promis à Béatrix,
Tu renouvelles l'énergie
Du Jugurtha de Numidie,
Du Gaulois Vercengétorix !

Aussi, géant de l'héroïsme,
Qui portes le patriotisme
Comme un glaive providenciel,
Tu grandiras de faîte en faîte,
Toujours, jusqu'à ce que ta tête
Aille se perdre dans le ciel.

Nice, 1868.

ODE LI

RENOUVEAU

—

Les grands cieux
Brillent mieux,
L'herbe reprend ses fleurettes,
Maint concert,
En plein air,
Est donné par les fauvettes.

Dans les fonds
Des vallons
Soufflent les brises naissantes.

Orangers
Sont chargés
De leurs neiges odorantes.

Le soleil,
Plus vermeil,
Embrase notre mer d'huile ;
Et plus haut
Le moineau
Pépie au bord de la tuile.

Dans la nuit
Vole et luit
Gentillette luciole ;
Dans le jour,
A son tour,
Beau papillon luit et vole.

Tant d'odeurs,
Tant de fleurs
Remplissent les champs de Nice,
Qu'on croirait
Que Nice est
L'autel d'or du sacrifice.

Des rameaux
Longs et gros
Cassent au poid des cerises.
Sur clayon,
Du Japon
Les nèfles en tas sont mises.

Le bol blanc
En son flanc
Reçoit la suave fraise.
Tout verdit,
Tout murit,
Tout semble tressaillir d'aise.

O plaisir !
A loisir
Je peux travailler et lire.
Qu'est-ce donc ?
De Sion
Quel saint daigne nous sourire ?...

C'est l'instant
Enivrant
Du pur et frais primevère ;

C'est le mois
Où les bois
Retrouvent ombre et mistère.

C'est ce mai
Que l-on met
Aux pieds divins de Marie,
   Qui nous prend.
   Plus gaîment
Les minutes de la vie.

   Vite ! allons !
   Mes garçons,
Mes sémillantes fillettes,
   Commencez
   Les vieux lais,
Les vives gambadelettes.

   Au ruban
   Oscillant
On a pendu la couronne :
   Formez-vous
   Au dessous
En rondeau qui tourbillonne.

Que vos chants,
Chers enfants,
Montent au ciel qu'ils rappellent :
En ces jours,
Aux Amours
Les anges sans peur se mêlent.

Nous aussi,
Comme ici
Et comme vous nous dansâmes ;
Mais nos corps
Depuis lors
Trahissent nos pauvres âmes.

Sachez gré
Au doux mai,
A la si douce jeunesse :
L'un revient,
Mais c'est bien
Pour toujours que l'autre laisse.

Nice, mai 1868.

ODE LII

NICE

On dit qu'au lointain Orient
Où l'ardeur de l'homme sommeille,
Aux bords d'une mer sans pareille
Chaque ville inerte s'étend,
Ainsi qu'une ruine vermeille.

Telle, Nice mouille au lac bleu
Ses gentils pieds ; mais à sa tête
Brillent les rayons du prophète,
En elle un sang jeune se meut,
Et son travail est une fête.

Elle a les richesses d'Ophir,
Des visiteurs plus que la Mecque,
Des perrons taillés à la Grecque,
Des concerts, un ciel de saphir
Comme l'habit de son évêque.

Son jardin de Sémiramis, (33)
Couvre le vieux Paillon qui gronde,
Ses quais où la Flore féconde
Met toutes les couleurs d'Iris,
Sont les plus attrayants du monde.

Des prés du Var au mont Boron,
Est si doux l'arc de son rivage,
Que les anges au moyen âge
Y descendirent de Sion
Et l'interdirent à l'orage. (34)

Elle a des forêts d'oliviers,
Des palmiers aux branches superbes,
Des cactus qui poussent en gerbes ;
Et, sous ses bois de citronniers,
Les violettes sont les herbes.

Elle a les plaines d'orangers
Recouverts de neige odorante,
Et chaque hiver elle présente
Leurs fruits d'or aux rois étrangers
Qui la courtisent en amante.

C'est une amante aux bruns cheveux,
Dont l'œuil noir sous la capeline
Reluit comme une pierre fine,
Et qui rend soudain amoureux
Quiconque près d'elle chemine.

La chaude fille du Croissant,
Elle a quitté la terre morte,
Mais son front encore supporte
Le bandeau que le sha Persan
En signe de royauté porte.

Oui, c'est la reine du pays,
Le fier lis de notre Provence,
La rose des roses de France;
Et sur sa bouche furent mis
Les baisers de la Providence.

Et, quand on regarde ses sœurs,
A ses côtés, Menton et Cannes,
On les prendait pour trois sultanes
Se jetant des bouquets de fleurs,
A travers les airs diaphanes.

C'est Nice qui rend la santé
Et la vie aux pauvres phthisiques,
Dès que, fuyant les champs arctiques,
Ils y viennent boire à long trait
Le pur soleil de ses portiques.

O Nice, pour qui les Amours
Ravirent un écrin au Gange,
C'est toi qui berças dans son lange
Le seul guerrier que de nos jours
Tout peuple admire sans mélange :

C'est de tes murs que s'élança
L'enfant chéri de la Victoi ,
Ce simple vilain que la Gloire
Sur le pavois noble dressa
Devant l'applaudissante Histoire,

O voluptueuse cité.
Depuis le pic où naît l'aurore
Jusqu'au val que le couchant dore,
On vante ta rare beauté
Que ta grâce embellit encore ;

Moi, je t'aime comme au saint lieu
J'aime ta sainte statuette,
Parcequ'en toi vit le poète,
Parcequ'un sourire de Dieu
Dans ton sourire se reflète.

Nice. 1868.

ODE LIII

LE PÊCHEUR DE CANNES

———

Pêcheur, la mer est belle :
Ta modeste nacelle
　　Au pied du roc
Doucement se balance ;
Tes amis en partance
　　Carguent le foc.

Et toi, dans tes mansardes
Au Suquet tu t'attardes :
　　Dormirais-tu ?

Oublirais-tu, pauvre homme,
Que le travail en somme
   C'est la vertu ?

Grapin, échomes, voile
Faite de cette toile.
   Que tu taillas,
Hameçons et fichure,
Gembin, ligne et résure.
   Tout est là-bas.

Là-bas, ton petit mousse,
Sa chemisette rousse
   Ouverte au vent,
Ayant sur le bordage
Lové chaque cordage,
   Déjà t'attend.

Descends vite à la côte,
Embarque nus pieds, saute
   Aux avirons,
Vogue loin de la rive,
Et des premiers arrive
   Sur les grands fonds.

N'est-ce pas toi qui pêches
Toujours les molles seiches
    Et les anchois,
Les communes sardines
Et les rascasses fines,
    Du plus gros poids ?

Si tu restes à terre
Comme un propriétaire
    Par ce beau temps,
Tu n'auras pas dimanche
La pièce d'argent blanche
    Pour tes parents ;

Et, le soir, à l'église,
Sous ta vareuse grise
    Ne trouvant pas
Le denier qu'au vicaire
Tu donnes d'ordinaire,
    Tu rougiras.

Des orages prophète,
Craindrais-tu la tempête ?
    Quelque alcion

Volait-il hier au large,
Coupant la vaste marge
   De l'horizon ?

Pourtant forte est ton âme,
Vingt fois près de ta rame
   La Mort surgit ;
Sur ton front que le hâle
A bronzé, la raffale
   Vingt fois rugit.

Ta vaillante existence
Voua ton corps d'avance
   A la santé,
Et par tes mains solides
Un cent de pélamides
   Serait porté.

Qu'est-ce donc à cette heure,
Qui ferme ta demeure ?
   Est-ce un malheur
Dont tu devient la proie ?
Ou bien est-ce une joie
   Que sent ton cœur ?

Hélas! la dure cause
Qui si morne et si close
   Rend la maison,
Les écos de la rue
La disent à la nue
   D'un triste ton.

Pitié! car j'ai moi même
Eut ce chagrin extrème...
   En ce moment
Le père avec la mère
Pleurent la perte amère
   Du seul enfant.

Nice, 1868.

ODE LIV

MÈRE DÉÇUE

—

Une dame était accoudée
Sur un berceau rêveusement ;
La garniture était levée,
Le bambin était frais et blanc.

En dépit d'un usage qu'aime
La jeune femme de haut lieu,
Elle nourrissait elle-même,
Comme la mère du bon Dieu.

Et sur la gentille paupière
Pour appeler un pur sommeil,
Elle chantait à sa manière,
Ainsi qu'un tarin au soleil.

« Mon joli bébé, dormez vite,
Si vous désirez que Jésus
Vienne vous faire une visite
Et chauffer vos petits pieds nus.

Fermez votre bouche mignonne,
Endormez-vous bien doucement,
Pour que le lait que je vous donne
Dans vos veines se change en sang.

Apprenez que j'ai hâte au monde
De vous montrer avec fierté,
Car votre chevelure blonde
Encore manque à mon côté.

Pour tant qu'une mère soit belle,
Pour tant qu'elle ait de beaux rubis,
Toujours sa première dentelle,
Son premier bijou, c'est son fils.

Dormez donc, ô ma nouvelle âme,
Nouveau battement de mon cœur,
Vous que votre père réclame
Pour compléter notre bonheur.

Soyez obéissant et sage,
Bien tranquille, bébé chéri,
Aussi tranquille que l'image
De la madone à notre lit.

Alors, plus que par la toilette,
Vous plairez à votre maman,
Votre santé sera parfaite,
Et vous deviendrez plus tôt grand.

Être grand, quelle heureuse chose !
Au lieu de me mettre à genoux
Pour baiser votre lèvre rose,
Je pourrai m'appuyer sur vous.

Alors vous aurez l'air d'un page
Sous les éclairs de votre œil noir,
Et les fillettes de votre âge
Se retourneront pour vous voir ;

Et plus tard vous serez le maître
D'un cheval pour courir les monts,
Et vous vous serez fait connaître
Au milieu des riches salons ;

Et plus tard vous brillerez comme
Poète, artiste ou général ;
Ou, qui le sait ? peutètre à Rome
Vous irez siéger cardinal. »

La mère garda le silence,
A ces mots : son enfant dormait.
Mais son rève avec persistance
Dans son esprit continuait.

Rève trompeur ! Rève qui change !
L'enfant le soir même expira.
Pauvre rèveuse, il fut un ange,
Il fut donc plus que tout cela.

Nice, 1868.

ODE LV

MA BASTIDE

—

Si quelque jour le Seigneur Dieu
    A mes ouvrages
Daigne sourire, et qu'en un lieu
    De nos rivages,

Je puisse, contre leurs gros sous,
    Avoir au monde
Un petit champ qui tiendrait sous
    Un jet de fronde,

(Que ce soit au val de Magnan
    Cher à De Maistre,
Aux Spélugues où le grand vent
    Forme un orkestre.

A la Croizette où le gamin
    Prend le cloporte,
Ou bien au joli cap Martin
    Que la mer porte)

Je veux aussitôt y bâtir
    Une bastide
Dont l'aspect seul ferait pâlir
    La fière Armide.

Elle n'aura pas de perron
    Aux brillants lustres,
Ni de riche collection
    D'objets illustres.

Elle aura pour salle à manger
    Un clos de treilles,
Où de front pourraient se ranger
    Deux cents bouteilles ;

Vaste fourneau, vaste cellier,
       Au rez de terre ;
De chaque côté d'un palier,
       Chambrette claire.

Tout près, sera creusé le puits
       Où dort l'eau fraîche ;
Et contre le mur sans enduits
       Pendra la bêche.

L'ombre viendra d'un lourd figuier
       A large feuille,
Où de bellones un panier
       Vingt fois se cueille.

Mettons cinq de ces orangers
       Ravis au Gange,
A fin d'offrir aux étrangers
       L'exquise orange.

De rosiers une haie avec
       Des aubépines
Tiendront en suffisant respect
       L'homme aux rapines.

Et les gais amis accourront,
  Les soirs de fête,
A table entonner sa chanson
  Chez le poëte.

J'aurai des fleurs, beaucoup de fleurs,
  Des fleurs superbes,
Que couperaient les visiteurs
  Toujours par gerbes.

J'aurai ma chèvre et puis Phanor,
  Mon chien qui m'aime,
Non pour les habits, non pour l'or,
  Mais pour moi-même.

Coq, peintade, dinde et pigeon,
  Sur ma serviette
Et sur ma main becquetteront
  Sans peur la miette.

Je n'oublirai pas les enfants :
  Ma balançoire
Et mon tir resteraient longtemps
  Dans leur mémoire :

Et quand nous n'aurons pas baisé
    Leurs blonds visages,
Le Rollin ayant imposé
    Trois longues pages.

A défaut de leurs cris joyeux,
    Avec ma femme
Nous irons de l'oiseau des cieux
    Ouïr la gamme.

Il me semble que le soleil
    Sur la bastide
Doit resplendir aussi vermeil
    Qu'au sol Numide :

Le cœur est si chaud, l'air si pur
    A la campagne !
Si loin la ville où chaque mur
    Figure un bagne !

Mais la bastide que je vois,
    Soit à la grève,
Soit en plaine, soit dans un bois,
    Ce n'est qu'un rêve.

Hélas ! c'est un rêve menteur
    Comme la gloire ;
Tout, hormis l'amère douleur,
    Est illusoire.

Jamais je n'aurai dans Menton,
    Nice, ni Cannes,
Cette bastide au vert balcon
    Plein de lianes.

Du moins, en la chantant ici,
    Je la possède,
Ne faut-il pas que le souci
    Un instant cède ?

Et sans avoir eu ce doux coin
    Si je succombe,
Pour bastide n'aurai-je point
    La sûre tombe ?

                        Nice, 1868.

ODE LVI

L'AME IMMORTELLE

—

Mistral qui vient des hautes cimes,
Vagues qui venez des abimes,
Prêtez-moi votre grande voix :
Je voudrais de noble manière
Louer celui qui fit la terre
Rien que d'un signe de ses doigts.

Que l'Esprit saint entre en ma tête ;
Qu'un instant le soleil s'arrête
Et qu'il me serve d'escabeau ;

Pour parler du maître des maîtres,
De l'être créateur des êtres,
Aucun pavois n'est assez beau.

Et vous, anges de l'empirée,
Versez dans l'aiguière sacrée,
Versez-moi de l'eau du Jourdain :
J'y rendrai mon âme aussi pure
Que celle de la créature
Retirée à peine du sein.

Seigneur qui maîtrisez la foudre,
Et qui répandîtes la poudre
Des étoiles au fond des cieux,
Seigneur, qui sondez les mistères.
Et qui voyez dans les cratères,
D'où l'effroi repousse nos ieux :

Seigneur tendre et Seigneur terrible,
Seigneur qui dictâtes la bible
Plus brillante que l'astre d'or.
Permettez que l'humble poète
Touche la harpe du prophète,
Et vous module un humble accord.

Que les hommes furent coupables
De préférer longtemps des fables
A la splendeur de votre nom ;
Presque tout l'univers antique
N'avait plus pour vous de cantique
Ni ne regardait plus Sion.

Et cependant aux monts, aux plaines,
Parmi les blés, parmi les chênes,
Les vents parlaient toujours de vous ;
Et sur les bords des lacs tranquilles,
Toujours les joyeux volatiles
Vous adressaient leurs chants si doux.

Maintenant on croirait encore
Que vos ennemis, que dévore
Le poison d'un immense orgueil,
Vont répéter le vieux blasphème,
Et rebraver votre anathème,
Et du temple briser le seuil.

Le ver du matérialisme
Rampe et se glisse avec cinisme,
Il bave sur les fruits du ciel :

Seigneur, tirez donc cette épée
Dont sept fois Memphis fut frappée,
Ou lancez un feu torrentiel.

C'est le doute, le triste doute
Qui domine ; et l'homme en sa route
N'a plus le sublime flambeau ;
Et le monde à présent ressemble
Au vaste océan où l-on tremble,
De toute part entouré d'eau.

A Dieu la mistique espérance
D'une palme à l'intelligence,
D'une géhenne au criminel !
Que disent-ils durant l'orgie ?
« La vie est close après la vie ;
Le veau d'or, voilà l'Eternel. »

Moi, comme ces vents vous chantèrent,
Et ces oiseaux vous saluèrent
Sans discontinuer, Seigneur,
Contre la brutale matière
Je proteste par ma prière,
Par le sang entier de mon cœur.

Seigneur Dieu, que vous fait la sorte
D'adoration ? Et qu'importe
Le poids ou le prix de l'encens ?
Jadis les sables de Moïse
Vous plaisaient autant qu'une église
Aux superbes vitraux romans.

Les religions révélées
Sont au tour de vous étalées,
Ainsi que des vases d'odeur :
Vous prenez chaque chose bonne,
Sans rechercher comment la donne
Le bien sincère adorateur.

                              Nice, 1868.

ODE LVII

NOS PAYSANNES

—

Elles ont les cheveux noirs
Les filles des champs de Nice,
La taille souple des loirs,
Les ieux vifs, et la peau lisse
Comme le lin.

Et celles de Monaco,
Et de Menton, et de Cannes
Reçurent même cadeau,
Lorsque Dieu sur les savanes
Ouvrit sa main.

Si leur type Italien
Ne vaut pas celui d'Athènes.
Avec elles je sais bien
Que viendraient même des reines
　　Lutter en vain.

Elles portent prestement
La coquette capeline
Contre le soleil ardent
Qui de leur face lutine
　　Brunit le teint.

Elles ont pendue au cou
La croix de leur vieille mère,
Et le joli canezou,
Et la robe à couleur claire,
　　Et l'escarpin.

J'aime à les trouver ainsi,
Sur les routes, le dimanche,
Joyeuses comme l'aï,
Fraîches comme la pervenche
　　Du frais ravin ;

Car je vois que sur le front
De nos gentes paysannes
La santé s'imprime et non
La pâleur des courtisanes
    Ni le chagrin.

Ce sont des filles vraiment
Comme dut exister Ève,
Avec de la force au flanc,
Aussi droite que la fève
    Ou que le pin.

Or c'est la vie au grand air
Qui fait ce miracle en elles :
La rue est un fruit amer
Dont les pulpes sont mortelles
    Au genre humain.

Loin d'agir en poison lent
Comme chez l'humble grisette,
Le travail plutôt leur rend
L'esprit ouvert l'âme honnête,
    Et le corps sain.

Elles ont dans le gosier
Mainte chanson amoureuse
Qu'elles jettent au palmier,
A l'aubépine, à l'yeuse,
    Chaque matin.

Quand la récolte des monts
Les appelle à l'olivette,
Grappes d'aimables démons
Elles recouvrent le faite
    D'olives plein ;

Et lorsque la pomme d'or
Contient sa juteuse crème,
Elles la vendent au lord
Qui va la cueillir lui-même
    Dans le jardin ;

Et quand roses et lilas
En janvier ornent nos pentes,
Elles en sèment les pas
Des aimables hivernantes
    Sur le chemin ;

Et comme sous le corset
Elles ont un cœur très tendre,
Par fois le touriste fait,
Sans qu'ils puissent se comprendre,
          Battre leur sein.

C'est pourquoi tout étranger
Pour la leste campagnarde,
Autant que pour l'oranger,
Éprouve un penchant qu'il garde
          Jusqu'au lointain.

De nos champs gonflés d'odeurs
Les fermières comme en Grèce
Sont donc les vivantes fleurs,
Tant que brille la jeunesse
          Sous leur satin.

Nimphes des près et des bois,
Alors elles sont bien belles,
Belles et dignes des rois :
Hélas ! que ne restent-elles
          Jeunes sans fin !

                    Nice, 1868.

ODE LVIII

LE LARGE

Le sol mobile en cercle se prolonge ;
On est au centre un point sans fixité ;
De tout côté, dans la mer le ciel plonge,
La mer s'élève au ciel de tout côté.

Des profondeurs le concour vous enserre :
Les denses champs de l'air amoncelé,
Les horizons dépouillés de la terre,
L'entassement du liquide salé ;

Gouffre insondable au dessus de la tête,
Gouffre insondable au dessous du vibord,
Gouffre insondable au tour où l'œil s'arrête :
Lit gigantesque où seul l'Infini dort.

C'est un abime accru d'un autre abime :
Ce sont des cieux augmentés d'autres cieux ;
D'immensités addition sublime
Qu'à mesurer cherchent en vain les ieux !

Steppes de flots que des flots au loin poussent
Vers un Sára formé rien que de flots !
Sillons fuyards dont les flancs s'éclaboussent,
Dont le calcul brave les abacots !

La vague hurle au choc d'un autre vague,
Et l'aquillon entre elles hurle aussi :
Unique bruit qui traverse ce vague
Où mal à l'aise est le plus fort esprit.

Avec effroi le regard se promène :
De l'eau, de l'air, de l'air et puis de l'eau ;
L'idée obtuse absorbe l'âme humaine :
Il vous fait peur, ce colossal tableau.

Le jour, s'ajoute un torrent de lumière
Au vaste amas des atomes vermeils,
Et l-on croirait que l'ardente matière
De son sein lance encore des soleils ;

Durant la nuit, chaque étoile brillante
Dans ce miroir enfonce ses rayons,
Et pour chacune une sœur scintillante
A la rencontre arrive des bas fonds.

Là mainte fois descend l'obscure nue,
Ainsi qu'un voile au front d'Adamastor ;
Un cahos fluide alors s'offre à la vue
Rapetissé comme un cercueil de mort :

Et, par malheur, si l'horrible tempête
En branle-bas met ce noir océan,
Toute la sphère aussitôt semble prête
A s'engloutir derechef au néant.

Spectacle mâle, accablant, grandiose !
Négation des spectacles connus :
Ni mont pierreux, ni val où naît la rose,
Ni pré, ni bois, les espaces sont nus.

Création à l'aspect uniforme
Et qui ravit par l'uniformité,
Monde dissout, creuset, matrice énorme,
D'où tout émane, où tout est rejeté !....

Voilà le large, et voilà le domaine
Que l'homme, ver, mais ver qui sait penser,
Parcourt ainsi qu'une fertile plaine
Où des relais peuvent le délasser.

Avec le flux l'éternité s'y trouve,
Avec les flots la multiplicité,
L'ubiquité dans ses entrailles couve :
Trois attribut de la divinité.

Et moi devant cette grandeur marine,
Cette grandeur que nul ne sondera,
Cette grandeur probante, je m'incline,
Car c'est la page où je lis « Jéhova ».

Nicer 1868.

ODE LIX

MASSÉNA

Ils accouraient du fond de leurs déserts de glaces,
Avalanche vivante, et l'œuil plein de menaces,
Ces âpres descendants de Rurik ; et si peu
Ils comprenaient alors les beaux arts de la France
Qu'ils parlaient haut de faire une holocauste immense
     De toutes nos villes en feu :

Et leur chef Souwarow, dur soldat et dur maître,
Qui sous le joug des czars aurait voulu tout mettre,
Leur avait fait jurer la conquête ou la mort ;

Et, mâle complément de son discour féroce,
Lui-même devant eux avait creusé sa fosse,
          Comme pour défier le sort.

Et le lion alors était au Piramides ;
Et c'est pourquoi la France, avec ses places vides,
Était la proie offerte à chaque envahisseur :
Pour refouler au loin cette vague sauvage,
De Valmy, de Fleurus il fallait le courage,
          Il fallait un nouveau sauveur.

Contre de tels périls n'existait qu'une épée :
Celle dont lourdement l'Autriche était frappée
Naguère, sur le champ fameux de Rivoli.
La France se tourna, comme autrefois l'Espagne,
Vers Masséna, ce Cid doublé de Charlemagne ;
          Et l'étoile Russe pâlit.

Zurich, Zurich, bataille admirable, immortelle,
Entre toutes féconde, et légitime, et belle,
Bataille de salut, bataille d'avenir,
Après la quelle on vit plus de treize mille hommes,
Sur le lac, sur le sol, ainsi que des fantômes,
          Du sommeil des vaincus dormir !

La Limmat et le Sihl épouvantés roulèrent
Du sang, au lieu de flots ; et les drapeaux restèrent
Notre prise superbe ainsi que les canons ;
Et Korsakof s'enfuit, les deux mains désarmées ;
Et Souwarow perdit le reste des armées
Dans le Pragel aux creux profonds.

Honneur à cet enfant chéri de la Victoire,
Gratitude éternelle, éternelle mémoire !
Que sur ces ossements toujours un soleil pur
Répande des rayons comme sur nos oranges !
Que la lire toujours lui garde des louanges,
          Et la brosse une fresque au mur !

Honneur aux grenadiers dont l'action sublime
Arrêta notre char aux pentes de l'abime
Et sauva nos foyers où rit le blond enfant,
Lui donnant son génie, eux donnant leur vaillance,
Et quelques fois pour prix n'ayant que la souffrance
          Au bout du couplet triomphant !

Car nos preux grenadiers, au pays Helvétique,
Qui les guidait ainsi ? C'était la République,
Déesse dont le sein verse le lait des forts ;

C'était la Liberté qui centuple les braves,
Et qui, dans les assauts, du nombre des esclaves
          Augurait le nombre des morts.

Et le héros Niçois, poursuivant sa carrière,
Ajouta des hauts faits à sa page guerrière.
C'est lui qui fatigua les troupes de Mélas,
Au tour des bastions de l'imprenable Gêne,
Poussant si loin l'effort de l'énergie humaine
          Que Satan même eût été las.

Ecoutez, le tambour d'Essling bat la retraite :
Le Danube est à dos, c'est presque une défaite :
Seul contre l'ennemi Masséna tiendra bon.
L'Empereur veut une heure : il tiendra la journée,
Il tiendra quatre jours, il tiendrait une année,
          Inébranlable comme un mont.

Combien était-il donc dans la fière pléiade
Capables, par l'esprit plutôt que par le grade,
De bien mener au feu cent mille combattants ?
Lannes, Kléber, Moreau, Davoust, le noble Hoche,
Et notre Masséna, cette tête de roche
          Qui bravait jusqu'aux contre-temps.

O toi, fils de l'ancien faubourg Saint-Jean-Baptiste,
Quoique bercé jadis dans l'osier pauvre et triste,
Tu mourus grand, après le colossal tournoi ;
Tu mourus acclamé comme un puissant arbitre ;
Tu mourus maréchal, duc, prince par le titre,
     Et par la gloire plus que roi.

Et Nice, aussi longtemps que sur ses promenades
Pencheront des palmiers les branches en arcades,
Que de ses blancs jasmins se cueillera la fleur,
Même lorsqu'on verrait dans vingt siècles à terre
Gir ta statue en bronze et ton socle de pierre,
     Nice encor t'aura dans son cœur. (35)

                    Nice, 1869.

ODE LX

BÉATRIX DE TENDE

— —

I

Prends ta lire, humble troubadour,
Et, pour distraire la duchesse,
Au lieu des romances d'amour,
Fais entendre un chant de tristesse.

A la veuve de Monferrat, (36)
Qui souffre en deuxième himénée,
Parle de son antique éclat
Obscurci par la destinée ;

Parle des beaux jours envolés
Où le rude guerrier près d'elle
Fredonnait les tendres couplets,
L'aigle devenant tourterelle ;

Parle des combats en Piémont
Où près de lui la fière dame
Maniait la lance et la lame,
La biche devenant lion ;

Parle de son rare visage,
Parle de ses mains de péri
Que baisaient les cerfs au passage,
Parle des fleurs de son esprit ;

Parle de l'or incalculable,
D'Alexandrie et de Verceil,
De Tende au granitique orteil,
Du lac Majeur au pied de sable,

Et des alleus, et des comtés,
Et de Novare, et de Tortone,
Qu'au duc Philippe elle a portés
Comme fleurons d'une couronne ;

Parle des pauvres paysans
Qui pleurent dans chaque domaine,
Privés des soins compatissants
De leur si douce chatelaine.

Car ce Philippe Visconti
Qui, grâce au denier de la veuve,
Hier de la belliqueuse épreuve
Duc du Milanais est sorti,

Aujourdhui perd toute mémoire,
Traite l'épouse sans pitié,
Incapable à la fois de gloire,
De gratitude et d'amitié;

Et, cœur plus âpre que la roche,
Il va jusqu'à vouloir la mort
De Béatrix vivant remord,
De Béatrix vivant reproche.

Chante, Michel Orombello,
Charme les soirs de la duchesse,
Ignorant du terrible flot
Qui de l'abîme au loin se dresse,

Chante, chante, humble troubadour,
Si Béatrix t'en juge digne,
La tristesse, au lieu de l'amour :
Ce sera la chanson du cigne.

II

Le nouveau chef, un jour, dans le palais ducal,
Se promenait, à pas pressés et taciturne.
Il rêvait. Le Génie invisible du mal
Sur les tapis foulés semblait vider son urne.

« Vrai Christ ! elle m'ennuie avec son long pleurer,
En ses accès de remontrance.
Moi, du vin des plaisirs si je veux m'enivrer,
Je suis bien le maître, je pense.

Je suis duc de Milan et jeune ; et devant moi
Ces pairs, dont le poignard osa frapper mon frère,
Passent en s'inclinant, comme devant un roi ;
Et des beautés d'ici nulle ne m'est sévère.

Seule, Béatrix vient au roses de mes jours
  Mêler la corrosive absinthe.
Croit-elle que je puisse aimer ses vieux atours
  Et son marmotage de sainte ?

Et que m'importe à moi son aïeul l'empereur ?
Philipe Visconti vaut Lascaris De Tende.
A défaut de ses biens, j'aurais eu ma valeur
Pour monter sur ce trône où ma puissance est grande.

Sa vertu m'humilie, et je veux en finir,
  Car un vif courroux me transporte.
Pour ne l'entendre plus je veux la voir mourir,
  Dussé-je encor l'entendre morte.

Vrai Christ ! n'a-t-elle point son joueur de pipeau ?
Ce plat musicien siérait à l'adultère.
Tout crime prétendu se prouve : le bourreau
Émet des arguments qu'on ne réfute guère.

Je les fais dénoncer par deux filles d'honneur :
  Sous les pinces le barde avoue ;
Et, pour les condamner, au prix d'une faveur,
  Cent juges sortent de la boue.

Et, comme tout seigneur doit marcher le front haut,
Après, ces faux témoins de ce faux adultère,
Je les enverrai tous dormir dans le tombeau.
Quelques verres de sang de plus, la belle affaire ! »

III

Dans le castel de Binasco,
Nu, sur une planche sanglante,
Aux pâles lueurs d'un fallot,
Un homme crie et se lamente :
C'est le poète Orombello
Qu'un démon fait homme tourmente.

« Tapez plus fort » dit une voix ;
Et, sous le fer qui plus fort tape,
Les os et la moelle à la fois,
Comme le jus mûr d'une grappe,
Jaillissent partout sur le bois ;
Et le oui désiré s'échappe.

O dérision du destin !
O honte pour notre nature !
C'est Béatrix le lendemain
Que l'on soumet à la torture :
Et le légiste Gasparin
Forge un infame procédure.

Entre des murs noirs, une nuit,
Quatre fois retomba la hache,
Quatre fois le sang chaud qui fuit
Au pavé mit sa rouge tache :
Et du fond d'un angle, sans bruit,
Philippe regardait, le lâche !

Et lorsque le drame maudit
Fut connu de notre Provence,
Que l'évêque Capra vendit
A l'assassin une indulgence,
La fidèle Nice sentit
Le coup d'une douleur immense.

IV

O de l'ancien régime essaim accusateur,
Victimes du foyer, innocentes martires,
Dont les ombres par fois aux Gracchus des empires
Apparaissaient la nuit en quête d'un vengeur ;

O vous dont les malheurs sacrent le nom profane,
Dont les pleurs sont mêlés aux pleurs du crucifix,
Vous, Anne De Boulén, vous tendre Béatrix,
Vous fille des Stuart, vous Calabraise Jeanne :

Reines que l-on tuait dans la cour d'un donjon
De peur que n'intervînt quelque pieuse émeute,
Tombant comme un chevreuil sous la dent de la meute,
Ou comme un passereau sous le bec du faucon.

Epouses qu'immolait l'affreuse tirannie,
Pour des raisons d'Etat émises faussement,
Sans respect de ce feu sublime de la vie,
Qui n'appartient qu'à Dieu, Dieu seul nous le donnant ;

Reprenez un instant vos corps de nobles femmes ;
Et, secouant enfin la poudre des tombeaux,
Dites-nous le servage, et dites-nous les maux
Que causait la justice absente alors des âmes;

Venez, du luth divin accompagnez vos voix.
Ce luth qu'applaudira la fière multitude ;
Et vous au moins, ayez des mots de gratitude,
Pour ce vengeur géant nommé Nonante-trois.

                                        Nice, 1869.

ODE LXI

LE COMTE GRIMALDI DE BEUIL.

— · —

I

Io son conte di Boglio.
Che faccio quel che voglio. -

« Moi, je suis le comte de Beuil
Qui fais tout ce que bon me semble.
Voilà ma devise. A mon seuil
Le pauvre reçoit bon accueuil,
Mais l'ennemi toujours y tremble
Ou bien y trouve son cercueil.

Le sang qui coule dans mes veines
C'est celui des fiers Grimaldi ;
Les rocs de Beuil sont mes domaines,

Mais je les préfère à ces plaines
Où l'homme naît abâtardi,
Et l'oiseau lui-même a des chaînes.

Pourquoi donc Charle-Emmanuel
Veut-il mes sauvages montagnes ?
En échange de mon Castel (37)
Sec et nu comme un bloc de sel,
Pourquoi m'offre-t-il des campagnes
Reluisantes comme un missel ?

Ho ! ce serait un jour de honte
Le jour où mes chers paysans
Ne pourraient plus m'appeler comte !
Est-ce qu'un vrai Grimaldi monte,
Quand pour quelques mots plus brillants
Il cède sa herse de fonte ?

L'aigle quitte-t-il les sommets
Où son aile brave la foudre ?
Seigneur duc, je vous le promets,
Dorénavant je m'en remets
A ma carabine, et la poudre
Vous dira des non enflammés.

Non, vous n'aurez pas mon Tourrette,
Mon Ascros, ni Beuil, ni Toudon,
Où reste maigre l'olivette,
Mais où je puis lever la tête,
Et respirer à franc poumon
L'air du Brennus de la conquête.

Merci de vos champs pleins de bœufs.
Chez moi j'entends rester le maître.
Rappelez-vous que mes aïeux
Vous ont donné Nice où les ieux
Voient des fleurs sans cesse renaître :
Laissez-moi mes pies soucieux.

Pour moi les pies ont plus de charmes
Que vos plus fertiles préaux ;
Ils sont à l'abri des alarmes
Des Sarrazins ; avec nos armes
Nous y défendons nos troupeaux :
Et nul n'y fait verser des larmes.

Et mes serfs, m'aimant comme Dieu
Parceque je leur rends justice,
Nouveau saint Louis, sur le lieu,

Mes serfs me diraient-ils adieu ?
Pour les ladres viguiers de Nice
Ils n'auraient que des coups de feu.

Nos toits que le soleil fait fendre,
Nos toits dépendraient de Turin !
Plutôt les voir réduits en cendre.
Venez vingt mille pour nous prendre :
Par Jésus ! l'épée à la main,
Au tombeau nous saurons descendre,

Car je suis le comte de Beuil
Qui fais tout ce que bon me semble ;
Jamais ni menace ni deuil
N'ont pu fléchir mon noble orgueuil :
Et devant moi l'ennemi tremble,
Quand de courroux brille mon œuil. »

II

Infortuné ! que peut ici-bas l'innocence ?
Que peut le juste droit ? et que peut la valeur,

Si la tirannie est au bout de la balance ?
Délaissé de l'Espagne, oublié de la France,
  Tu n'as pour toi que ton grand cœur.

Mais serais-tu plus fort même que le prophète
Dont le pied abaissa les flots du lac maudit,
Au flot des assassins tu ne tiendras point tête.
L'homme ose quelques fois affronter la tempête,
  Et la tempête l'engloutit.

Tu chéris ton manoir, on blamera ton zèle ;
Tu défends tes créneaux, on te dira félon ;
Et, lorsqu'aura croulé ton antique tourelle,
Ton suzerain mettra l'épithète Rebelle,
  Comme un clou du Christ à ton nom.

III

  Or telle fut la destinée
  De cet Annibal Grimaldi :
  Sa cause fut abandonnée
  De l'allié qui le perdit,
  Et sa révolte condamnée.

Au temps du givre, des Niçois,
Procureurs, greffiers, valetaille,
Huit mille recors à la fois
Vinrent attaquer la muraille
Où le héros gardait ses droits.

Et quand la bruyante trompette
Eut sonné le terrible assaut,
Ce fut Annibal, sur le faîte,
Génie ardent du vieux château,
Qui seul retarda la défaite.

Puis il tomba, les bras sanglants,
Et chaque main de tuer lasse,
Parmi les monceaux d'assaillants
Qu'il avait étendus sur place,
Lion vaincu par ses élans,

Un vil bailli lut la sentence
Un preux guerrier près d'expirer :
Un Moro dut sans résistance
De ses doigts impurs l'achever :
Ainsi le voulait la vengeance.

Où s'élevait le haut donjon
On fit labourer la charrue,
Plus de Beuil, plus d'altier Toudon
Pour offusquer l'auguste vue
D'un duc parodiant Néron.

Et des fiefs la riche curée
Fut transmise aux exécuteurs.
Chacals l'ayant bien méritée.
Chapeaux bas ! voilà des seigneurs
Dont Nice dut être flattée.

Nice, 1869.

ODE LXII

MENTON

Notre mer bleue est belle, notre mer
Où doucement un léger flot déferle :
Mais à son bord de villas recouvert
Jusqu'à présent il manquait une perle :
   Voici la perle de Menton.

De l'Estérel au pont de Saint-Louis,
Brille l'écrin de la chaude Provence,
Un sol qui montre aux regards éblouis
Plus de splendeur, plus de magnificence
   Que tous les temples de Sion.

Nice l'onix, Cannes le diamant,
Menton la perle ! aussitôt qu'un touriste
Les voit, il croit voir le riche Orient ;
Il s'y repose, et puis retourne triste
    Vers sa brumeuse région.

Menton parmi les citronniers en fleurs
Sans art assise, est celle des trois villes
Qu'aiment le plus les hotes amateurs
Et du silence, et des sentiers tranquilles,
    Et du solitaire vallon.

C'est Borrigo que remplissent les rocs,
Où le cactus pousse dans les fissures,
Mortier vivant de ces immenses blocs,
Où l'esprit songe aux sombres aventures,
    Où doit se plaire le démon.

C'est le Carrèi plus frais, où le jasmin
Sous l'oranger pailleté d'or se cache,
Où le palmier sur l'agreste chemin
Laisse tomber son superbe panache.
    Où l'Amour erre avec Platon.

Ce sont encor Castagnié, Gabrollès,
Ruine où marchaient les comtes tête haute.
Le Castellar, le château Carnolès,
Le cap Martin où la vague chuchotte,
   Et le Brès au gracieux nom.

Le goût champêtre y demeure en éveil :
Pour ce qu'elle est on y prend toute chose,
Le réchauffant soleil pour le soleil,
La rose pour la ravissante rose,
   Et le gazon pour le gazon.

Pas de ces bruits, ni de ces chars épais
Qui des cités forment les dures gammes.
Aussi le long du golfe de la Paix
S'en vont toujours rêver les tendres femmes,
   Les ieux fixés sur l'horizon.

Telle est Menton, charmant nid de repos,
Gentille fée aux doigts pleins de fleurettes,
Aux petits pieds tout nus, aux gais propos,
A qui vieillards, malades et poëtes
   Portent la même affection.

Moins que ses sœurs elle connaît l'hiver,
Moins que ses sœurs, cette antique Lumone ;
Tout est clarté dans ses champs, dans son air ;
Comme un lézard le pêcheur lazzarone
    Semble s'y nourrir d'un rayon.

Les cieux toujours mettant un chal d'azur
Sur son beau sein que nul vent froid ne ride,
De son coquet tablier le citron mûr
Tombe toujours, pour le commerce avide,
    A plusieurs fois un million.

L'homme du nord chez elle quatre mois
Vient oublier le frimas qui l'assiège ;
Elle est l'heureux pied-à-terre des rois ;
Les limoniers secouent sa seule neige ;
    Et les anges baisent son front.

Ses nobles fils ont un sang généreux
Qu'aux fiers assauts l'enthousiasme anime ;
Elle enfanta des généraux fameux
Aux deux pays, et le martir sublime
    Que fit Paris sous le canon (38)

Tes anciens chefs, Lascaris, et Ventos,
Et Grimaldis, sous chaque sarcophage,
Sentent d'orgueil frisonner leurs vieux os
De voir ainsi s'illustrer ton rivage,
    O ville à l'aimable renom :

Et les Français sont joyeux de t'avoir,
Comme d'avoir Cannes et d'avoir Nice,
Triple bouquet, triple jet d'encensoir,
Triple bijou de Dieu, triple délice
    De la vaillante nation.

Nice, 1869.

ODE LXIII

LA VICTOIRE DE JEAN GRIMALDI

—

Point où du Pô les eaux profondes
Ont large lit et fond égal;
Où les pentes du sol fécondes
Entourent le bassin central,
Où les vents ne peuvent s'abattre....
Ho ! le superbe amphithéâtre
Pour livrer un combat naval !

Là Venise a deux cents galères.
Que commande Trévisani ;

Trente deux mille mercenaires,
Le long des rives l'ont suivi,
Sous les ordres de Carmagnole ;
Et tous montrent une ardeur folle
En présence de l'ennemi.

Mais à Milan le duc Philippe
En son palais dort sans émois,
Car sa flotte dès le principe
Embarqua de rudes Génois ;
Et Jean Grimaldi les dirige,
Ce Jean qui vaut pour un prodige
Tous les Dorias à la fois.

C'est un amiral de science
Formé par les lointaines mers,
Son nom garantit sa vaillance,
Sa gloire est vierge de revers :
Qu'importe une simple rivière
A celui qui court d'ordinaire
L'immensité des flots amers ?

Branle-bas ! voici l'abordage.
Le matelot Vénitien
Est privé de tout l'avantage
Des manœuvres qu'il fait si bien ;

De ses cuirassiers au contraire
Jean a rempli chaque galère.
Branle-bas ! l'heure rouge vient.

On frappe, on se bat comme à terre :
Les soldats, bardés jusqu'aux dents,
Portent de vrais coups de tonnerre
Aux matelots vociférants ;
Les sabres aux lames aigües
Pourfendent les poitrines nues ;
Et les morts recouvrent les bancs.

Des torches de poix incendient
Mainte trirème qui se tord ;
D'autres trirèmes sous l'eau plient :
Plus loin, contre l'abrupte bord
Les ponts craquent comme à la houle ;
Plus loin, l'huile bouillante coule
Par le trou béant du sabord.

Luttes vaines et vain courage.
Quand le sang de braves marins
Empourprait tristement la plage
De Crémone aux douteux destins,
Le traître comte Carmagnole
A quelques pas laissait sans rôle

Ses inutiles fantassins.

Or dans la terrible mêlée
Grimaldi porta de tels coups
Que la légende en est gardée
Depuis cinq siècles parmi nous :
Noble enfant de la noble race,
Entre Don Juan il prend place
Et le Khaïr-Eddin aux poils roux.   (39)

Et la Victoire eut sa couronne.
Le duc Philippe dans son parc
Mit le butin et prit Crémone ;
La ville des dix vit son arc
Se rompre aux mains de Carmagnole :
Et Jean jeta sur son épaule
La peau du lion de Saint-Marc.

Nice. 1869.

ODE LXIV

LE MENTONAIS

—

Dans Paris, la ville des crimes,
Derrière un humide comptoir,
Un fils des Alpes maritimes
Soupirait comme sur nos cimes,
Aux oliviers, le vent du soir.

Il avait perdu sa fortune ;
Plus de parents, plus de maison :
Sa fille à chevelure brune,
Sa fille unique sous la dune
Dormait, là-bas, près de Menton.

Dans Paris, l'égoïste ville,
Je l'ai connu l'infortuné,
Traînant une vie inutile,
Maudissant son dernier azile,
Raillant le jour qu'il était né.

Les regrets dévoraient son âme ;
De longs pleurs arrosaient son pain ;
Il n'avait pas de douce femme,
Qui pût étendre le dictame
Des doux baisers sur son chagrin.

Dans Paris aux riches murailles,
L'homme de la côte étouffait,
Comme un cerf sous des lacs de mailles ;
Les heures étaient des batailles
Qui le laissaient pâle et défait.

Et quand je connus son histoire,
Et qu'il sortait du magasin,
Pour dissiper son humeur noire,
Je faisais taire sa mémoire
Avec quelque propos badin.

Mais dans le fracas de la rue,
Ce désert d'hommes de Paris,
Le Mentonnais, baissant la vue,
M'opposait d'une voix émue
Le mot si tendre de pays.

Des doigts il séchait une larme,
Perle que l'ange met à l'œuil :
Il semblait y trouver un charme,
Comme le vaincu qui sans arme
S'en revient et s'arrête au seuil.

« Oh ! » me disait-il « que m'importe
Paris, et ses bruits, et son or ?
La mer qui gronde est bien plus forte,
La pomme que l'oranger porte
Est un bien plus rare trésor.

Tout ici me parait souffrance,
Tout paraissait ris à Menton ;
Le sol que foula mon enfance,
Je le foulais : et l'espérance
Me restait sans soucis au front.

J'avais une vieille bastide
Sur le Brès aux abruptes flancs,
Vieille comme la Piramide,
Mais de francs amis jamais vide,
Jamais vide de gais enfants.

C'est un aïeul qui l'avait faite ;
Au tour croissait maint citronnier ;
Par dessus, en guise d'aigrette,
D'un aloès perçait la tête ;
Et par dessus, le pigeonnier.

Et c'est moi qui, chaque dimanche
Cueillais, durant le tiède hiver,
Le jaune citron sur la branche,
Et qui dressais la nappe blanche,
Sous un haut palmier, en plein air.

Et notre fier soleil d'Afrique
Réchauffait de ses chauds rayons
Les convives en république ;
Et là nous avions pour musique
Les notes claires des pinsons.

Ah ! qui me rendra ma bastide
Sur les flancs abruptes du Brôs,
Le golfe que la brise ride,
Et la pêche à la pélamide,
Et l'âpre val de Cabrollès ?

Ah ! qui me rendra mes deux chèvres,
Mon chien aux joyeux aboîments,
La cascade où buvaient mes lèvres
Mieux que dans un vase de Sèvres,
Et ma tonnelle de sarments ?

Niais que je suis ! c'est la mort seule
Qui me les rendra. La douleur
Brise mes os comme une meule,
L'hidre des tombeaux tend sa gueule,
Je n'ai plus de sang dans le cœur : »

Et chaque fois que ma parole
Cherchait à le réconforter,
Il exhalait sa plainte folle.
Pauvre éxilé courbant l'épaule !
Pauvre lutteur las de lutter !

Dans Paris, la ville aux nuages,
J'ai vu mourir ce malheureux,
Appelant toujours ses rivages,
Ses carroubiers, ses fleurs sauvages,
Ses pins verts, ses pans de ciel bleus.

Il est mort. Si jamais je passe
Encore une fois dans Paris,
A la croix qui marque sa place
J'irai mettre une feuille grasse
Du cactus que je lui promis.

Nice, 1869.

ODE LXV

LA VIE FUTURE

—

O danseuse Macabre, ô Mort, je te salue.
Au chevet de mon lit lorsque tu seras vue,
Sans pâlir je mettrai ton linceul, sans pâlir,
Content de m'en aller où les bardes m'attendent ;
Et je tendrai les mains à tes mains qui se tendent,
      Loin de me départir :

Car c'est toi qui finis les luttes de la vie,
Qui fais qu'on peut siffler l'humaine comédie,
Toi qui des univers m'ouvriras l'horizon,

Qui soudain prêteras tes ailes à mon âme
Pour gagner les hauteurs où rayonne la flamme
            De l'ardente Sion.

Vous autres, quand la Mort frappe à votre demeure.
Que votre oreille entend l'airain sacré qui pleure,
D'effroi claquent vos dents, et tremblent vos genous.
A quoi bon retenir sur vos lèvres crispées
Le fantôme fuyant des choses échappées ?
            N'y viendrez-vous pas tous ?

Oui, vous y viendrez tous, richards que l-on révère,
Butors qu'une livrée a faits grands sur la terre,
Femmes que la beauté déifie en nos bras ;
Vous, artistes ; et vous, guerriers à peau brunie ;
Et vous. dont le larinx nous grise d'harmonie,
            Pinsons des opéras :

Vous, dévots qui cachez les plus sordides vices
Sous le manteau du Christ et les trompeurs cilices ;
Vous, pères qui manquez d'entrailles pour vos fils ;
Et vous, aînés captant le leg préciputaire
Comme ces douze Hébreux qui vendirent leur frère
            Au marchand de Memphis.

Au festin de la Mort chacun trouve sa place :
Un crâne dénudé de bouche en bouche passe,
Coupe d'APOCALIPSE ; et c'est l'égalité.
Là nous nous montrons tous vraîment ce que nous sommes;
Un roi dans ces milliers et ces millions d'hommes
            N'est plus qu'une unité.

Le vieillard, enlacé déjà par le vampire,
A beau n'y point songer, la Mort semble lui dire :
« Pourquoi fermes-tu donc, ô rapace vieillard.
Ton escarcelle étant si près du cimetière ?
Crois-tu qu'on mette l'or et l'argent en litière
            Au fond du corbillard ? »

Las ! mon œuil triste voit mes plus chères années
S'enfuir comme des fleurs dans leurs boutons fanées.
Et je pense à la Mort, moi vieillard au chef noir.
Je pourrais l'appeler la Mab libératrice,
Je l'appelle plutôt la Reine de justice,
            Je l'appelle l'Espoir.

Et c'est pourquoi j'y pense, et pourquoi ma pensée.
Chaque jour, chaque instant, sur ma langue est placée.
Pour vous autres tant pis ! si vous n'êtes pas prêts !

Vous feignez d'ignorer qu'en la fosse tout croule :
Et moi, lorsque je marche à l'écart de la foule,
     Je me demande « après ? »

Après ? Terrible doute. Après ? Rude problème.
Après ? Page de sphinx, éternel anathème
De l'immense inconnu, gigantesque défi.
Est-ce le crépuscule ? Est-ce l'aube, au contraire ?
Est-ce plus noble essence ? Est-ce vile matière ?
     Qui le sait ? Qui l'a dit ?

N'écoutons pas le cœur, puisqu'il bat chez les bêtes :
La passion fournit des preuves incomplètes.
Où donc est l'$a+b$ de l'immortel destin ?
Est-ce le sentiment ? Est-ce l'intelligence ?
Est-ce l'activité ?,.. Rien n'offre l'évidence
     Du Verbe souverain.

Le colosse Pascal, Newton, Virgile, Homère,
Socrate, Raphaël, Michel-ange, Voltaire,
Ces êtres surhumains dont le génie a lui,
Certes, ils étaient plus qu'une grossière argile
Par un hasard pétrie à quelque coin de ville
     Et qu'un hazard détruit.

Mais ces plats citoyens, rentiers ou prolétaires,
Hottentots en cravate, âpres aux gros salaires,
Sourds aux lettres, aux arts, allant partout, allant
Sans jamais réfléchir à l'arcane divine,
Autre chose sont-ils qu'un troupeau qui chemine
   Vers le juste néant ?

Qui vit pour la matière, à la matière reste ;
Qui vit pour l'âme ira, dans l'infini céleste,
Continuer son âme au milieu des soleils.
L'anéantissement punit assez le crime :
Quel enfer, de toujours dormir au sombre abîme
   Le sommeil des sommeils !

O Dieu bon, Dieu clément, Dieu que l'aurore annonce,
Est-ce vous qui soufflez cette intime réponse
A mon cerveau qu'emplit votre mistère saint ?
Je cherche à vous comprendre, et mon effort se lasse,
Mais au moins avec vous quand ma longue nuit passe,
   Je suis fier, le matin.

Je me repais de vous dont l'idée est féconde,
Et des secrets de l'homme, et des secrets du monde,
Et des secrets de l'ange, et de ceux du démon,

De tous ces testaments dont nul n'est le prophète,
Tous ces thèmes pieux que le livre répéte,
     Et qui courbent le front,

Et l'immortalité pour moi ressort notoire
Du besoin d'avenir et du besoin de gloire
Qui poursuivent l'esprit et subjuguent les sens.
La tombe sans la gloire est doublement la tombe ;
Chêne que l-on épargne alors que l'herbe tombe,
     La gloire est de tout temps.

Aussi je te salue, ô Mort, je te salue.
Tu peux venir. Ta faux sera la bien-reçue.
Après ? Après ? Le mot, que je lis dans tes ieux.
Après, ce sont mes chants qu'un jour la jeune fille
Encore redira de Canne à Vintimille ;
     Après, ce sont les cieux.

Nice, 1869.

ODE LXVI

L'AFFREUSE GUERRE DE 1870

—

Au jour de la création,
Dieu commandait, et de leurs toges
Des anges à profusion
Sur les landes à peine écloses
Secouaient les splendides choses
     Que notre œil voit :

Le gazon, les mignonnes fleurs,
Les arbres ombreux des collines,
Les fruits aux intenses saveurs,

Les papillons, les pierres fines,
Et les cascades cristallines
  Où l'oiseau boit.

Et, de peur qu'un pareil trésor
N'attachât trop à la matière
L'homme qui prenait son essor,
Dieu dans son âme noble et fière
D'une propension guerrière
  Grava la loi.

Et les anges, pour derniers dons,
Des pans de leurs robes flottantes
Laissèrent comme des rayons
Tomber les armes éclatantes
Que l'enfant suspendit aux tentes
  Sans nul effroi.

O Dieu des généreux combats.
Nous avons accepté la guerre
Qu'ainsi jadis tu nous donnas ;
Mais aujourdhui c'est un tonnerre,
Un vent de feu qui met la terre
  Toute en émoi.

Les soldats sont frappés de loin,
Sans que se montre leur courage,
Par milliers, n'ayant pour témoin
Que la nue au sein du carnage,
Comme les phoques sur la plage
      Du pôle froid.

Carnage mécanique ! horreur !
Deuil sans palme ! lugubre histoire !...
Adieu les beaux traits de valeur
Qui donnaient la belle Victoire,
Qui donnaient l'éternelle gloire,
      Qui fesaient roi :

Adieu Coclès, Léonidas,
Bayard qu'à ses coups on distingue ;
Adieu le chevalier D'Assas,
La digue ouverte de Groningue,
La crâne défense d'Huningue,
      Le preu Dunoy ;

Adieu les Suisses de Morat ;
Adieu les promptes baïonnettes
Des zouaves ; adieu Murat

Chargeant les masses stupéfaites,
Le rire aux lèvres, comme aux fêtes
    Du vieux tournoi ;

Adieu Marignan, Austerlitz,
Mostaganem, luttes d'Afrique ;
Adieu Denain sauvant Louis,
Zurich sauvant la République,
Lutzen au conscrit héroïque,
    Et Fontenoy ;

Adieu Desaix et Marengo,
Kléber lion de haute taille,
Le troc fait à Solférino
D'un peuple contre une bataille,
Ney que respectait la mitraille
    A chaque exploit !

Adieu les vaillants et les forts !
Sous la gueule d'une machine
Tombent, tombent les pauvres corps ;
Ils s'amoncellent en colline,
Le sol pour porter cette ruine
    Est trop étroit.

Dieu de Pourrière et de Moscou
Où tuaient le fer et la glace,
As-tu décidé tout à coup
Le suicide d'une race ?
Pourtant nous tenons peu de place
     Sous ton bras droit.

Grace, grace à l'humanité !
Épargne-nous cette misère.
Si nous avons démérité,
Lance quelque fléau sévère,
Mais reprends une telle guerre
     Au près de toi.

Nice, out 1870.

ODE LXVII

L'AVÈNEMENT

—

Je te salue, ô République,
Aurore des saintes clartés,
Bouclier d'or des faibles cités,
Sublime pôle magnétique
Où les fiers se sentent portés !

Salut, ô fille de la Grèce,
Dont l'âme franche à plus d'honneur
Que tes bras nus n'ont de vigueur,
Toi qui démontres ta noblesse
Non par des mots mais par le cœur !

Salut, Vierge au glaive d'archange,
Qui fais le triomphe du droit,
Qui veux les vertus près de toi,
Et dont la tunique a pour frange
Tous les rayons qu'au ciel on voit !

Oui, souveraine austère et belle,
Salut ! N'as-tu pas à côté
Le rabot de l'égalité ?
Ne te sait-on pas fraternelle ?
N'offres-tu pas la liberté ?

Si contre nous est déchaînée
Une tempête humaine, alors
Que nos preux sont trahis ou morts,
Comme Jeanne prédestinée,
C'est toi qui de la foudre sors.

A notre valeureuse France,
Qu'a voulu perdre un faux César,
Du peuple tu rends l'étendard :
Le peuple, c'est l'armée immense
Qui tue avec son seul regard.

Salut ! bientôt l'Europe entière
Dans sa régénération
Tiendra de toi la guérison
Du royalisme, cet ulcère
Qui la ronge jusqu'au talon.

Voilà pourquoi je te salue.
Aujourdhui tu nous apparais
Sur la grande aile du Progrès,
Sans taches rouges par la rue,
Sans terreur aux foyers Français.

Eux aussi dès lors te saluent,
Au fond réveillé du tombeau,
Kléber, Hoche, Desaix, Marceau,
Ces braves que les rois excluent,
Car leur linceul est un drapeau.

Et nous te saluons ensemble
Avec Hugo, Garibaldi,
Juarès, Klaptka, Jacobi.
Que partout chaque trône tremble :
Cette fois Dieu nous applaudit.

Nice, septembre 1870.

ODE LXVIII

L'INVASION

—

Honte ! ce ne sont plus ces féodaux Rhingraves,
Qui gagnaient l'éperon et le surnom de Braves,
    Eux aussi dans les fiers combats,
Avec les quels Bayard pouvait croiser l'épée,
Et que chantait dans sa populaire épopée
    Le minnesanger pas à pas !

Honte ! ce ne sont plus les coups chevaleresques
De Rolland et du Cid et des émirs Moresques,
    Ni le feux courtois d'Austerlitz !

Ce sont les vieux Teutons qu'enterra la Provence
Reparus en ayant violé la Science
            Comme une vierge sur leurs lits.

Où nous étions cinq cents ils se sont mis cent mille,
Ils vont de bois en bois jusqu'aux murs d'une ville.
            Vrais loups de la steppe du nord :
Peu rassurés d'avoir les engins et le nombre,
Peu contents des abris de la broussaille sombre.
            Ils veulent les Judas encor.

Oh ! les vaillants soldats ! oh ! la belle bataille !
La Gloire est descendue au niveau de leur taille :
            Alexandre, Annibal, César.
Le Karl sanctifié, l'homme de Sainte-Hélène.
Tous cinq sous un joug d'or seraient dignes à peine
            De traîner Guillaume en son char...

Et maintenant que gît la France désarmée,
Qu'ils ont pris ses canons, ses places, son armée,
            Ils égorgent les citoyens :
Ils coupent l'arbre à fruits, souillent les jeunes femmes,
Volent dentelle, argent, bijous aux bourgs en flammes,
            Plus féroces que les païens.

Quel désastre ! quel deuil ! et quels ferment de haine !
Sur le tiers de nos champs ces flots de boue humaine
    Comme un lac trop plein ont coulé :
Et le génie altier de notre noble France,
Voyant que la victoire a trahi la vaillance,
    De ses deux ailes s'est voilé.

France, France, est-ce donc la fosse qui s'entrouvre ?
Faut-il aux quatre vents éparpiller ton Louvre ?
    Jettes-tu ton royal bandeau ?
Écoute : c'est Clovis, c'est Duguesclin, c'est Jeanne ;
Ce sont Turenne, Hoche, et Dumouriez, et Lanne
    Qui t'encouragent du tombeau.

Debout ! ton cœur est chaud, debout ! ta tête est forte !
Recueille-toi. Les maux que l'Allemagne apporte,
    Dieu lui-même les pansera.
Ainsi que le Gaulois qui, vaincu sur l'arène,
Étranglait à la fin la tigresse ou l'hiène,
    Lutte, et ton bras triomphera.

Prépare-toi : pendant que Paris, roc sublime,
Arrête seul ce flux, toi, rassemble et ranime
    Tous ceux qui tétèrent ton sein :

Et tous, ouvriers, savants, paysans de la veille,
Partirons à ta voix, empruntant à Marseille
      Le chant de guerre trois fois saint.

La voici, cette voix, Frères on nous appelle :
La trompette partout sonne la boute-selles,
      Le clairon lance ses accords.
En avant ! le destin marque une heure suprême :
Que la France reprenne au front son diadème,
      Ou que les Français soient tous morts !

Allons ! Bretons pieux de qui l'âme aime à croire,
Turcos dont le désert a rendu la peau noire,
      Lyonnais dont la veine bout,
Normands, ou montagnards des âpres Pyrénées,
N'ayons qu'une poitrine en ces grandes journées,
      Allons ! la victoire est au bout.

Il faut que ces Hycsos couvrent au loin la terre,
Si drus que la pitié ne puisse les soustraire
      A l'horrible sort des charniers ;
Que les chevaux errants sur eux au galop passent ;
Et que là les corbeaux les plus gloutons se lassent
      A manger des ieux de guerriers,

Oui, nous vaincrons ; devant un peuple entier qui frappe,
Comme à Valmy naguère, à Fleurus, à Jemmape,
    Les bronzes tombent impuissants (40)
En avant ! en avant ! les armes nécessaires,
Un peuple se les fait des cercueils de ses pères
    Et des berceaux de ses enfants.

                  Nice, 18 de nov. 1870.

BIBLIOGRAPHIE

du présent volume

PREMIÈRE ÉDITION

à Toulouse, 1855, chez Savy, 172 — 115 millimètres, 180 pages, 1 franc 50 centimes.

DEUXIÈME ÉDITION

à Nice, 1864, chez Gauthier, 190 — 120 millimètres, 292 pages, 3 francs 50 centimes.

TROISIÈME ÉDITION

à Nice, 1866, à l'imprimerie Administrative, 180 — 115 millimètres, 181 et XLII pages, 2 francs.

QUATRIÈME ÉDITION

à Nice, 1867, à l'imprimerie Administrative, 181 — 116 millimètres, 202 et XIV pages, 2 francs.

CINQUIÈME ÉDITION

à Nice, 1869, chez Gilleta, 190 — 120 millimètres, 316 et XXXVII pages, 3 francs 50 centimes.

SIXIÈME ÉDITION

à Antibes, 1872, chez Marchand, 165-110 millimètres, 196 et XX pages, 2 francs.

SEPTIÈME ÉDITION

à Nice, 1874, chez Verani, 185-117 millimètres, 317 et XIX pages, 3 francs 75 centimes.

APPENDICE

Note 1 (page 5).

Nous prions les personnes qui liraient ce livre en dehors de la collection, de ne point trop se récrier sur l'orthographe de quelques mots. Elles voudront bien, avant de gratifier l'auteur d'une épithète plus ou moins expressive, feuilleter ses ouvrages de linguistique et réfléchir aux commentaires crayonnés qui figurent en tête et à la fin du tome 1er.

Note 2 (page 13).

L'auteur rougirait s'il supposait qu'on prît au sérieux cette pièce. C'est un tour de force littéraire, et non un chant inspiré. Jamais il ne fume. Il pense que nous devons respecter notre corps, parcequ'il est l'image de Dieu. Il pense qu'elles sont bien coupables les personnes qui, pour satisfaire une passion sale, rendent leur haleine fétide avec le tabac, et se mettent dans le cas déplorable de ne pouvoir plus baiser la bouche rose de leurs enfants, sans leur inspirer le dégoût.

Note 3 (page 16).

Nous maintenons toujours dans nos éditions ce dithirambe Napoléonien, de peur que quelque jour par espiéglerie politique un amateur de livres princeps ne le ressuscitât contre nous, si nous l'enlevions. Notre excuse est de l'avoir rimé au sortir du collège. Nous ignorions alors que le plus souvent dans les grandes capitales les barricades sont préméditées, et que les hommes des rues sont lancés par le sauveur en perspective. Soyons justes toutefois. En province, à cette époque, le drame était bien réellement à côté de la sinistre comédie. Il y avait bien une menace et un

péril sociaux. Aujourd'hui, après l'orgie des communards (¹), qui
pourrait nier ce danger couru ?

Voici comment nous rédigions la note de l'édition 1863, en
plein empire :

« Ma soif de liberté est connue ; et aussi mon dédain pour
toute monarchie ; et aussi mon chagrin de l'abaissement moral
de la France. Mais il me semble qu'on peut laisser de pareils
sentiments brûler en son cœur comme sur un autel sacré, sans
être obligé d'aimer les grandes violences ni le sang. Or, en 1851,
en province, de la part des démocs, selon l'expression alors
employée, il y eut des violences et du sang. C'est ce que je
n'admettrai jamais. Je dirai toujours que, sous prétexte de sau-
vegarder la Constitution violée, sous prétexte de renverser une
autorité absolue, empereur, czar, sultan, rajah, sha, dictateur
ou stathouder, on n'a pas le droit d'emprisonner, ni de molester
de très tranquilles et très inoffensifs citoyens. Voilà pourquoi je
persiste à maintenir ces vers. Le poète n'obéit à qui que ce
soit. »

En s'exprimant ainsi, l'auteur ne flattait guère le gouverne-
ment impérial. A présent que celui-ci est tombé, pour le plus
grand bonheur de la morale, rendons-lui la seule justice que le
gros bon sens puisse lui rendre.

En décembre 1851, Louis Bonaparte eût tort de trahir son ser-
ment ; mais par ce crime relatif commis au détriment d'une
fraction de Français il sauvait la généralité de la nation d'un
mal absolu ; la catastrophe future était d'autant plus effroyable
qu'elle était inconnue. En ce temps-là, le spectre grandissant
s'appelait « la Rouge ». Après l'invasion Allemande, il s'est in-
carné sous le nom de « Commune ». Or, par le savoir-faire de
celle-ci à Paris, nous pouvons juger de ce qu'aurait fait celle-là.

(¹) Le néologisme communeux employé par la plupart des journaux comme substantif de personne, n'est pas conforme au génie de notre langue.
La terminaison eux est réservée aux substantifs qui expriment un état
sentimental ou phisique : les peureux, les heureux, les gueux, les goi-
treux, les fiévreux, etc.

Le mot Communier, employé par d'autres, n'est pas mieux réussi.

La terminaison ier s'applique aux substantifs dérivés des choses maté-
rielles : les portier, les sellier, les charettier, les cabaretier, etc.

Le véritable mot est communard, parceque en français, lorsqu'il s'agit
de substantif de personnes, la terminaison ard ajoute à la fois une idée de
mépris et une idée d'ironie : les vantards, les soulards, les bavards, les
traînards, les soudards, les pillards, etc. Or c'est ici le cas.

En 1848, le mot partageux n'a jamais été mis à la place de partageur
que par plaisanterie politique.

Ces observations montrent combien on est peu avisé d'appeler parolier
celui qui a fait les paroles d'un opéra ; ce serait tout au plus paroliste,
comme fabuliste, libelliste, évangéliste, épigrammiste, bollandiste, etc.

Qu'on ne prétende point que la Rouge était une entité chimérique des cerveaux pusillanimes. A Cannes, quelques amis du poète, parfaitement ignorants en matière de club, étaient inscrits sur une liste de gens à « raccourcir ». Au Luc, tous les enfants d'ouvriers étaient habillés de rouge ; à la moindre réprimande d'un « bourgeois » le moindre prolétaire lui montrait les deux poings en grommelant : « en 1852 ». A Aix, sur toutes les portes des riches étaient tracés à la craie ou au charbon ces trois lettres cabalistiques A Ê E : ce qui signifiait *à être exécuté*.

Toutes ces vilaines choses l'auteur les a vues de ses yeux ; sans oublier les cocardes, ni les arbres de la liberté, ni les banquets tumultueux en plein air, ni l'inscription trinitaire placée piteusement au-dessus des urinoirs, etc., etc.

« C'étaient autant de plaisanteries », dira-t-on. Oui des plaisanteries de guillotine, demandez-le aux Parisiens.

Le président Louis Napoléon obtint par un coup d'État ce que plus tard Thiers, le néo-président a obtenu par un coup de foudre. 1851, c'est 1871 moins le désintéressement. En tout cas, telle fut avec le même plébiscite l'opinion de huit millions de Français. Hélas ! cela s'explique. En présence d'une trombe qui s'avance, les passagers d'un navire demandent-ils compte au capitaine des quelques violences nécessaires pour faire manœuvrer l'équipage plus vite et amener le salut commun ? Et une femme qui va se noyer reproche-t-elle au nageur tout nu qui la sauve d'avoir violé les règles de la décence ?

Le vrai tort de Louis Bonaparte est d'avoir amené ces dégradations morales de la France dont les philosophes se plaignaient déjà, avant qu'elles eussent reçu leurs châtiments de la main sale des Tudesques du nord. C'est le fait du salut seul qui était chanté en 1852. Tant pis ! si le prince n'a pas suivi les conseils que le poète donnait dans ses strophes finales. Devant les ruines actuelles de la capitale, on comprend mieux qu'il y eut alors vraiment un salut anticipé, et que c'était au sauveur à faire oublier son procédé. L'empereur a préféré, pendant vingt ans, ramasser de l'or dans tous les boues comme Vespasien pour finir un beau jour comme Augustule avec des vagons des homards à sa suite ; l'empereur était libre. L'Histoire aussi sera libre de le regarder au spéculum.

Quant à nous tous qui, en 1870, avons voté contre l'hérédité du césarisme, nous qui nous croyons et nous proclamons républicains, non à cause de l'absence de tout monarque sur le sol de la patrie, mais parceque nous aimons les libertés progressives, parceque nous n'avons jamais pu faire une courbette devant un autre homme, ni prononcer le mot de monseigneur, nous autres nous espérons en notre chère république, la république modérée, la république praticable, la république à bon marché, la république des places au concours, la république des sobres et des vertueux, la vraie république. C'est elle qui nous a débarrassés des rouges et des communards ; c'est elle qui nous donnera la décentralisation ; c'est elle qui à tout jamais nous gardera des sauvetages matériels et des couteux sauveteurs.

Note 4 (page 31).

La pastèque, que l'on appelle aussi melon d'eau ou *cucurbita citrulus*, en stile de gens en *us*, est un énorme fruit originaire d'Asie, et dont la tige rampe sur le sol. De grosseur variée, atteignant quelques fois les dimension d'une citrouille, il est la providence liquide des pays chauds. La peau en est dure, lisse et verte ; la chair, d'un rose presque rouge, se fond dans la bouche comme un sorbet et répand en abondance un jus frais et savoureux : on boit et on mange en même temps ; l'axe est désigné sous l'apellation métaphorique de *corail* (voir la note 7 des Poésies Provençales, tome VIII).

Les pastèques sur les marchés s'empilent comme des boulets de canons.

Note 5 (page 33).

Parmi ces sites couverts de pins, un des plus pittoresques est la colline de la Croix-de-garde. Elle tire son nom d'une croix de fer plantée sur un petit tas de pierres ; elle a 153 mètres d'altitude. De cette colline, située au nord-ouest de Cannes, l'œil embrasse un magnifique panorama.

Nota 6 (page 34)

Le Suquet est la partie vieille de Cannes, groupée autour du mont Chevalier; comme à Nice les vieux quartiers autour du mont du Château. En patois, *suquet* signifie sommet.

C'est là qu'habitent la population agricole et les marins.

Note 7 (page 37).

Dans cette pièce, les *bruyères* et les *dunes* ne sont pas des complaisantes de la rime. Il y avait alors près de Cannes bien réellement de petits monticules de sables et des fourrés de cet arbrisseau cher à Ossian. Ils occupaient tout le rivage et tous les quartiers neufs de la Croizette, à l'est, à partir de la place actuelle du Chantier, et toute l'embouchure du Riou, à l'ouest.

Note 8 (page 44).

Dans une gracieuse brochure, intitulée LETTRES D'UNE JEUNE FEMME SUR CANNES, figurent beaucoup de traits spirituels et aussi beaucoup de traits tipographiques. Tous ces traits, qu'on

prend l'habitude de substituer aux virgules, font sur une belle
page d'impression le même effet que des rousseurs sur un beau
visage de fille. La vraie prose n'a pas besoin de ces broussailles
pour être claire. Edmond About n'en met jamais. Cela soit dit
en passant.

Or, on y trouve en outre une petite phrase un tantinet satiri-
que : « Cannes est la patrie.... de tous les Cannois ».

L'amour-propre de clocher fait un devoir à l'auteur de montrer qu'avec les Cannois en général sont encore nés à Cannes
quelques personnages en particulier.

Dabord le poète Honoré Méro, ami de Chaulieu, de Collar-
deau, de Du Belloi, etc. C'est un auteur ayant toutes les quali-
tés et tous les défauts poétiques du XVIIIe siècle où il a vécu. Il
existe de lui un petit volume de contes et d'odes. Les contes, aler-
tes et égrillards, sont d'un bon stile marotique et forment le
véritable bagage du poète. Les odes, qui ne sont que des stances
classées sous une rubrique Anacréontique, offrent ce marivau-
dage de l'époque tout émaillé de naïades et de silvains.

Est aussi né à Cannes le fameux père Honoré, ce prédicateur
onctueux de qui on disait sous Louis XIV : Le père Honoré à
ses sermons fait rendre les bourses qu'on a volées aux sermons
de Bourdalou ; « le père Honoré déchire les oreilles, mais il fend
les cœurs ». Ce dernier trait faisait allusion à son accent méri-
dional.

Le père Muret de l'Oratoire, prédicateur distingué, aumônier
du maréchal De Vivonne, dont il a écrit l'oraison funèbre, le
cardinal De Latil, archevêque de Reims, pair de France, pré-
cepteur du duc de Bordeaux, et le général Rouaze, sont également nés à Cannes.

On pourrait encore mentionner le poète Honoré Rouaze dont
les journaux ont assez souvent publié des poésies heureuses.

Voilà le lot littéraire de Cannes ; c'est peu de chose, mais
c'est quelque chose. Et si l'auteur voulait citer les noms de toutes
les personnes de Cannes dont il a lu des vers passagers, il prou-
verait surabondamment qu'il n'a pas eu tort de dire que le
sol parfumé des Alpes-maritimes rend poète.

Note 9 (page 47)

Toutes les odes relatives à Cannes seule ont été publiées en
1860 sous le titre de FLEURS DE CANNES.

Après l'apparition de ce volume, le Conseil municipal de
Cannes, sur la proposition de son maire, monsieur Méro, vota
au poète à l'unanimité absolue et avec des expressions flatteuses,
une somme de 500 francs. C'est de la part d'une ville la manière
la plus probante de remercier un de ses enfants.

Note 10 (page 49).

Le Mistral, ce membre du trio qui tirannisait la vieille Provence, ne fait guère, à Cannes, que des apparitions automnales;
encore est-il arrêté, amoindri, humilié par l'Estérel. L'Estérel
est la muraille naturelle que Dieu a donnée aux Cannois en
équipollence de celles de la Chine. Il est bon de le déclarer pour
le bon escient des hivernants qui ne sont pas encore venus à
Cannes, et que cette pièce de vers pourrait effrayer.

Note 11 (page 52).

L'ancienne voie Aurélienne des Romains suivait le littoral
des Alpes-maritimes. Après avoir dépassé la Napoule, la baie de
Théoule, la rade de la Figeireto, elle atteignait la baie d'Aurèle,
d'où elle s'enfonçait dans la chaîne même de l'Estérel pour
contourner le cap Roux. A ce point, sur un sommet abrupte,
les Romains avaient élevé un temple à Diane Estérèle. L'édifice
est aujourd'hui en ruines. C'est à ces ruines isolées et pittoresques, habitées vers 400 par saint Honorat, avant qu'il ne se
retirât dans la plus petite des îles Lérins, qu'on donne encore le
nom de Sainte-Baume. On y jouit d'une vue merveilleuse; et il
y a au pied du cône une source abondante où les touristes pui-
sent l'eau de leur piquenic. De Cannes à la Sainte-Baume, par
mer, trois heures. Pour plus de détails voir l'intéressant ou-
vrage de J B Girard (CANNES ET SES ENVIRONS).

Note 12 (page 59).

La preuve, c'est qu'il existe un dicton Provençal qui dit : « qù
ca à l'ilo, pouarto rèn à l'ilo, manjo l'ilo ». Ce qui, tradui
à la façon dont on traduit Démosthènes au collège, signifie
« il faut avoir du biscuit dans sa nacelle ».
Les chasseurs de cul-blancs savent à quoi s'en tenir sur
ce point.

Note 13 (page 63).

Le Caulong est cette chaîne de collines comprise entre le chemin du Cannet, le torrent du Châtaignier et le vallon des Valergues.

Note 14 (page 64).

On appelle *panal*, dans les Alpes-maritimes, ce que dans le
Languedoc on appelle *cinquième*: le double décalitre ou vingt
litres.
Le panal d'olives se vend en moyenne 3 francs; mais le prix
s'élève quelques fois à 5 francs.

Une cueilleuse gagne 1 franc par jour. A la tache, elle peut
cueillir 5 et voire 6 panaux, qu'on paie 30 centimes ; ce qui
peut porter sa journée à 1 fr. 80 centimes.

Note 15 (page 69).

Le cimetière de Cannes, au Suquet, s'appellait alors *les Carroubiers*, comme ceux d'Italie s'appellent il *Campo-Santo*.
Inauguré en 1850, il en avait remplacé un autre très-ancien
qui était adossé à l'église paroissiale. Depuis 1865, un nouveau cimetière est ouvert sur la route de Grasse. Actuellement
(1874) le terrain des Carroubiers est replanté d'arbres, débar-
rassé des tombes peu à peu, et fera bientôt partie du jardin
Zoologique qui y est contigü.

A ce propos, qu'il soit permis au lingüiste de glisser une ob-
servation d'orthographe. Le français possède deux *sons r* : le
doux, *père*, *faire*, *naguère*, etc, et le fort, *terre*, *guerre car-
rosse*, etc. Or les Cannois chez qui le carroubiers poussent, disent *carroube*. Il serait curieux de savoir de quels droit Lan-
dais, Bescherrelle et autres qui n'ont jamais vu que la boue de
leur Paris; veulent forcer à dire caroube. Le *oil* a vaincu le
oc, soit ; mais la carroube et le soleil appartiennent toujours
aux Alpes-maritimes.

Note 16 (page 73).

La Ferrare est cette colline à la quelle s'adosse la partie basse
de Cannes ; elle est comprise entre la route de Grasse, l'ancien
petit vallon du Poussia, et le chemin de fer. Elle porte les
Écoles communales.

Quant au palmier ici chanté, il est très bien connu de tous les
étrangers, sous le nom de *palmier du comte Roustan.*

Note 17 (page 83).

Le joli cap de la Croizette semble tendu vers l'île Sainte-Marguerite comme un bras de Titan vers une nimphe. Il y avait autrefois à l'extrémité de la langue de terre, une croix rustique
plantée au milieu d'énormes pins. Une confrérie de pénitents de
Cannes allait là, toutes les années, en procession, pour satisfaire
sans doute à quelque vœu antique. De cette croix dérive le nom
de Croizette. qui a survécu à l'usage pieux.

Observateur : qu'il soit permis de blâmer un tant et les indus-
triels qui sont venus s'établir à Cannes. On a tracé, le long de
la Croizette, un promenoir dans le genre de la promenade des
Anglais de Nice. Presque tous les Cannois l'ont appelé *Boulevard de la Croizette* ; les exploiteurs du dehors s'obstinent à
l'appeler de plusieurs autres noms. C'est un tort.

La population autochtone doit repousser toute dénomination aussi plate et aussi vulgaire que *place Neuve*, et garder comme un patrimoine ce nom sonore de Croizette qui éveille un poétique souvenir.

« A l'extrémité de cette pointe, dit l'abbé Alliez, dans son instructive VISITE AUX ILES DE LÉRINS, sont des ruines assez considérables d'un fort élevé par l'ordre de Richelieu, que les Espagnols attaquèrent vainement, lors de la prise des îles, en 1635. On voit aussi une tour abandonnée que les flots viennent battre ; elle faisait partie des fortifications, et elle porte plusieurs traces de boulets. Quelques années après, Richelieu fit désarmer ce point, qui fut entièrement négligé, lorsque le fort de Sainte-Marguerite suffit pour fermer le bras de mer. »

Voir, pour plus de détails, l'HISTOIRE DE PROVENCE par Bouche, tome II, et l'HISTOIRE DE PROVENCE, par Papon, tome IV.

Note 18 (page 83).

« BRICK — n⁰ m⁰ mar⁰ sorte de navire à 2 mâts. Cette orthographe est tellement mauvaise, qu'elle n'est ni Française ni même une francisation d'un autre mot Anglais qui signifie *brique*. Il est aussi absurde de changer *brig* en *brick* qu'il le serait de changer le *dog* Anglais en *dock*, l'un signifiant *chien*, et l'autre *bassin à flot*. Voyez BRIG.

BRIG — n⁰ m⁰ (abréviation de *brigantin* mar.) bâtiment à 2 mâts verticaux, avec un beaupré, semblable en tout à un trois-mâts, auquel on aurait enlevé son mât d'artimon. DICTIONNAIRE NATIONAL, 1356. Voilà ce que dit m⁰ Bescherelle, et il dit bien. Seulement il n'a pas eu le courage de son opinion. Puisque c'est à lui que les personnes recourent pour vérifier l'orthographe d'une expression, il ne devrait enregistrer que *brig*, à fin de faire loi.

Note 19 (page 84).

La *Castre*, comme disent les vrais Cannois, et non la *plate-forme* ni la *place de l'église*, comme disent les étrangers. Pas n'est besoin de répéter ce qui a été avancé à propos de la Croizette, page 325.

Castre est l'heureuse traduction du *castrum Marcelli* dont les ruines précisément existent encore. Respect à cette dénomination historique.

Respect aussi à l'appellation *la marino* que des farceurs ont traduit par *rue du Port* ; traduction qu'ils n'ont pas craint de faire peindre à l'angle des maisons. Une rue de 600 mètres de large, merci !

On appelle *marino*, à Gênes, à Nice, à Cannes, à Menton, à

San-Remo, dans toutes les villes du littoral, cet espace plus ou moins grand qui sépare les maisons de la mer. Il est couvert d'arbres, de sable, de bateaux, de filets, etc.

Note 20 (page 91).

Lord Brougham, grand chancelier d'Angleterre. Ce fut lui qui en 1834 bâtit à Cannes la première villa sur une terre qu'il avait achetée d'un parent de l'amiral Cazy ; les touristes à cause de cela l'avaient surnommé le Christophe Colomb de Cannes. Le célèbre diplomate a voulu être enterré dans le cimetière de la petite ville qu'il avait tant aimée. Voici l'inscription de sa tombe :

HENRICVS BROVGMAN
NATVS MDCCLXXVIII
DECESSIT MDCCCLXVIII

Note 21 (page 92).

Le gourbin, vaste panier en osier ayant la forme d'un dé à coudre. Deux gorbins, un de chaque côté du bât, font la charge d'un mulet.

Note 22 (page 101).

Le héros de cette ode n'a pas été le seul corsaire Cannois. Il y avait encore le capitaine Daumas, le capitaine Mounier et le ca- pitaine Aubert. Leurs navires s'appelaient le Jean-Bart, le So- leil, le Second-Jean Bart, l'Argus ; tous des noms superbes, com- me on voit.

Note 23 (page 105).

Le Niçois Bavastro (1760-1833) fut peut-être le corsaire le plus intrépide de l'Empire ; son histoire rappelle celle de Jean Bart. Comme ce dernier, il fit les prises les plus audacieuses et fut présenté au souverain de la France. Il rentra plusieurs fois dans Gênes assiégée, malgré le blocus le plus rigoureux, et sous la pluie des boulets dont le criblait le commodore Brown. C'est une des vraies gloires de Nice ; et son nom sera toujours cité avec orgueil après le nom immortel de Masséna, son ami.

Note 24 (page 109).

Hélas ! on l'a laissé disparaître ce gentil usage, comme tant d'autres, qui faisait le bonheur de nos aïeux, et un peu le nôtre. Le progrès a passé par là. Est-ce bien réellement un progrès ? adieu donc les noix, les amandes et les noisettes bruyamment et comment disputées ! aujourd'hui le champs sablonneux des ébats de notre première jeunesse est remplacé par le jardin Brougham, dans toute sa contenance. On nous assure que quelques enfants du peuple tenaces ce sont encore montrés ces dernières années, avec des fruits à écales à l'embouchure de ce Riou qui nous a tant vus nous amuser ; mais on a cru de bon ton de se moquer d'eux.

Note 25 (page 114)

Le climats des villes d'hiver des Alpes-maritimes est également favorable aux poitrinaires. Témoins . Les livres des médecins et ce madrigal

> Entre Nice, Cannes, Menton
> Et Monaco, pour l'influence
> De l'air pur et du chaud rayon,
> N'existe qu'une différence :
> C'est la différence du nom.

Mais Cannes aura toujours deux avantages : son rivage pour les bains d'eau salée, et sa plage pour les bains de sable.

Deux ans de traitement, et un malade n'a plus besoin de canne.... avec calembourg.

Note 26 (page 142)

Des gens n'ont pas craint de se demander si le nom de Cannes ne rappellerait point des roseaux qui auraient existé là antérieurement. Pourquoi pas antédiluviennement ?

Roseau en provençal se dit *cano*, c'est vrai, mais la ville d'hiver s'appelait déjà ainsi, étant encore groupée autour du *castrum* où des roseaux n'ont jamais pu pousser, ce nous semble.

Dans les chartes, elle est appelée *Canois, Cannes, Canuis, Canous, Canue* et jamais *Canno* qui aurait présupposé le *canne* des Latins.

Passe encore pour le village du Cannet qui semblerait bien être le diminutif de *cannetum*, si le Cannet avait un ruisseau quelconque pour nourrir des plantes aquatiques.

Du temps des Romains, la localité s'appelait *Ægitna*, mot qui n'a guère l'air de signifier *roseau*. A l'époque des invasions, les barbares, avec leur manie d'abréger, nommèrent *Caminus*, puis *Canus*, cet endroit où passait la voie Aurélienne que dans le Bas-empire on appelait *caminus* et que nos paysans appellent encor *lou camin Ourelian*.

De *Canus* sont dérivées les expressions des chartes.

Cannet vient de *caminetus*, diminutif de *caminus*. Le Cannet, c'est le petit Cannes. Ce ne sera bientôt que le faubourg de cette dernière, à présent qu'un boulevard les réunit.

C'est entre Cannes et le Cannet qu'est située la villa en question

Note 27 (page 153)

Cette ode Anacréontique n'est pas le produit d'une simple bouffée d'imagination : En 1854, à Toulouse, on citait encore les noms des patriciennes qui en sont les héroïnes. Le fait avait été raconté par madame De S⁺ convive abstème, récalcitrante et fugitive de ce dîner de garçons en cachemirs.

Note 28 (page 172).

Napoléon, débarqué au golfe Jouan le 1er de mars 1815, à 3 heures, envoya un détachement à Antibes et un à Cannes. Les Antibois retinrent prisonniers les vingt neuf hommes qu'il leur avaient été dépêchés. L'autre petite troupe fut reçue à la mairie de Cannes par M. Antoine Vidal, qui déjà, au Caire, pendant l'expédition d'Égypte, avait été l'amphitrion de Bonaparte. Malgré la surprise qu'inspirait un pareil évènement, l'accueil fut assez simpathique, et les cinq mille rations demandées furent préparées.

Qui sait ce qui serait advenu, si l'hospitalité des bons Cannois avait été dans le genre de celle de leurs voisins ? Qui sait si un refus des autorités de Cannes n'aurait pas amené quelques coups de feu? Peutêtre alors n'aurait-on vu de ces cent jours mémorables que le commencement. Une goutte de sang se multiplie si vite ! Et il fallait tant se dépêcher !

Note 29 (page 173).

La vieille tour de la Castre qui domine à Cannes le mont Chevalier a été bâtie, selon les uns, au onzième siècle, par les abbés de Lérins, selon les autres, par les Templiers.

On sait que les Templiers possédaient des domaines à Saint-Jean de Nice à Duranus, et dans plusieurs autres localités des Alpes-maritimes.

Note 30 (page 175).

L'herbe qu'on jetait dans les feux de la saint Jean est désignée valgairement en français sous le nom de *petite immortelle jaune* et en provençal *d'érbo de Sant Jan*. C'est le *gnapholium stœchas* de Linnée. On en trouve sur toutes les collines arides qui bordent le littoral de la Méditerranée. Sa fleur répand une odeur fourragère, pénétrante et, pour ainsi dire, sèche comme ses corolles.

Note 31 (page 181).

En langue Arabe, *fraxinet* signifie petit fort. C'est un mot qui est resté en Provence appliqué à une foule de localités élevées.

En lisant l'HISTOIRE DES ALPES MARITIMES, on est surpris du rôle glorieux que, pendant plusieurs siècles, la chevaleresque famille des Grimaldi joua dans notre Provence. L'auteur n'a pu résister à la tentation de crayonner quelques vers liriques en l'honneur de tant de hauts faits. Il sent augmenter ses simpathies pour la charmante principauté de Monaco, et il comprend pourquoi son Altesse Sérénissime a eu le noble orgueuil de refuser toute cession : c'est avec le sang des Sarrazins que des vaillants ancêtres de Charles III ont écrit leurs titres de propriété.

Note 32 (page 203).

Voici un rithme que l'auteur a essayé et qu'il propose. C'est chose à peu près impossible d'inventer un nouveau vers en français. Il s'est rabattu sur le rithme : il fallait bien qu'il inventât quelque chose.

L'essence des odes consiste en ce qu'elles sont écrites en stile sublime, et en ce qu'elles peuvent êtres chantées. Cette rime uniforme ramenée au bout de chaque strophe, produit à l'oreille un effet assez joli, et pourrait procurer de bonnes ritournelles à un musicien habile.

Du moins telle est l'opinion du poète que plusieurs journalistes ont déjà partagée et applaudie dans leurs articles.

Note 33 (page 230).

Jardin de Sémiramis, jardin Suspendu, comme on voudra : mais pas *square* : pas *square*, au nom du bon goût, et au nom de l'exactitude.

En Angleterre, un *square* est un petit jardin carré compris entre plusieurs maisons, fermé d'une grille, et interdit aux passants : monsieur Barberis en possède un ainsi dans la rue Victor. Tous les autres massifs de verdure sont des jardins.

C'est à notre langue de faire la loi, et non de la recevoir. On doit estimer les Anglais ; mais on peut rire de leur idiome Barbaresque. Bien avant leur *square* d'origine Saxonne, nous avions le *jardin des Tuileries*, le *jardin du Luxembourg*, le *jardin Royal*, le *jardin Public*, le *jardin Borelly*, le *jardin des Plantes*, etc : le jardin, le jardin, le jardin, en deux sillabes et en vieux bon français.

Que Nice garde le mot, puisqu'elle a si bien la chose.

Elle aurait de cette manière cinq jardins publics : le jardin Paradis, le jardin Garibaldi, le jardin des Phocéens, le jardin Suspendu et le jardin du Var.

Que voulez-vous qu'expriment, en Russie, à l'esprit des gens qui ont envie de venir chez nous, les mots *square du Paillon* ou *square Masséna* ? Ils se figureront une place plus ou moins carrée, plus ou moins plantée d'arbres, comme il en existe

dans toutes les villes, y compris celles de Russie. Au contraire,
les mots de *jardin Suspendu* frappent l'imagination et font
rêver de Nice. C'est joli, et c'est une réclame.

Diables de Français! quand ils peuvent emprunter aux lan-
gues étrangères une expression qu'ils ne comprennent point,
avec quel empressement de perroquet ils la répètent, ils la ré-
pandent, ils la mignotent! Peuple léger, peuple sans esprit de
nationalité, sans fierté du sol, sans amour-propre civique ni
littéraire, peuple d'Athéniens, de Romains en décadence, de petits journalistes, de coureurs d'hippodrome, avec des mots grotes-
ques dans la bouche et des habits jaunes sur les épaules! Pour
un fragment de soie attaché à une hampe, chaque Français se
faire tuer; mais de sa langue, de sa littérature, ni de ses
monuments, aucun Français ne se soucie.

Note 34 (page 230)

Montons le grand escalier qui est après la façade postérieure
du théâtre; nous voici sur les Terrasses. La mer qui se déroule
devant nous est la baie des Anges.

L'origine de ce gentillet nom remonte au moyen âge. La légende rapporte qu'en 870 deux navires Niçois étaient poursuivis
à outrance par des Sarrazins. Quoiqu'à proximité de la plage,
ils allaient être atteints par les forbans; mais les mères et les
femmes accouraient au bord de la mer, nus pieds, et avec des
prières d'une ferveur si incomparable que le Dieu du ciel en
fut touché. Aussitôt s'éleva de terre un vent brusque et terrible,
comme jamais on n'avait enduré son pareil. Des anges furent vus
poussant les deux navires chrétiens au rivage, pendant que les
pirates furent repoussés et engloutis. La nuit suivante, chaque
marin sauvé vit apparaître les mêmes anges qui ordonnèrent
d'appeler la baie de leur nom, et promirent que cet ouragan
miraculeux serait le dernier. PROMENADES DE NICE, 4me
édition, par E. Négrin.

Note 35 (page 267).

Cette ode a été faite à l'occasion de l'inauguration de la statue
de Masséna, en 1869, et offerte au Conseil municipal de la ville
de Nice.

Note 36 (page 268).

Une fille de Théodore II Lascaris, mort empereur de Nicée en
1259, fut épousée par un comte de Vintimille. C'est d'elle que
descendait Béatrix Lascaris De Tende, une des plus courageuses,
des plus belles, des plus spirituelles, et des plus vertueuses femmes de son siècle.

Son Mari Facino Cano De Montferrat, célèbre chef de partisans, fut tué en même temps que Jean Marie Visconti, à Milan (1412). Pour arriver au trône de son frère assassiné, Philippe Marie n'avait rien de mieux à faire que d'épouser Béatrix. Par ce moyen, il obtenait les troupes de Montferrat et l'immense fortune de la veuve qui s'élevait, en argent seul, à plus de 400,000 écus, somme fabuleuse pour l'époque. Béatrix y consentit, et Milan fut bientôt soumise au nouveau duc.

Ma pièce de vers montre comment la noble dame en fut récompensé (septembre 1418).

Note 37 (page 278).

Le comte Annibal Grimaldi de Beuil s'était attiré beaucoup d'ennemis par ses dépenses fastueuses, et par ses allures d'indépendance. Il voulait que ses sujets en référassent à lui et non au sénat de Nice, pour les questions de justice. De plus il avait quelque peu intrigué à Paris pour obtenir de la France la garantie de cette indépendance.

D'un autre côté, son fils le baron de Laval avait prétendu, à Nice, en plein public, que ni lui ni le comte ne relevaient de personne. Mandé à Turin, à cause de ces propos irrévérencieux, Grimaldi se justifia ; mais, craignant la colère du duc Emmanuel, il revint s'enfermer dans son château. C'est là qu'abandonné à la fois de l'Espagne et de la France, à qui tour à tour il avait offert l'hommage de ses fiefs, dénoncé plus que jamais par ses envieux, il fut assiégé, pris et étranglé des mains d'un esclave More (janvier 1621).

Le baron de Laval, réfugié derrière le Var, fut pendu en effigie. Une foule de gentils hommes furent impliqués dans cette affaire qui eut à l'époque toute l'importance de celles de D'Essex et de Caldéron.

Le vrai crime de Grimaldi, dont les aïeux avaient pourtant donné Nice à la Savoie (1388), était sa noble obstination à ne vouloir point céder ses domaines à Charles-Emmanuel.

Note 38 (page 287).

Il est peu de cités de province qui aient produit autant de militaires distingués que la petite ville de Menton. Outre le malheureux général Bréa tué à Paris sur les barricades de 1848, elle a fourni à la France les généraux De Vedel, D'Adhémar, De Sigaldi, Rey, De Partouneaux et Mouton ; à l'Italie, les généraux De Villarey, De Bottini, Rez et les amiraux Rey et de Villarey.

Le conventionnel Massa-Ruffin, le président De Monléon, et une foule d'autres grands personnages y ont également pris naissance.

Note 39 (page 292).

Philippe Marie Visconti, duc du Milanais, le même qui fit dé-
capiter sa femme Béatrix De Tende, disputait la ville de Cre-
mone à la république Vénitienne. Une lutte devait avoir lieu sur
le Pô. Grimaldi commandait la flotte de Milan, et Nicolo Pic-
cinino les fantassins, Trevisani commandait la flotte de Venise,
et le comte Carmagnole les fantassins. Le succès de la journée
fut dû à l'idée qu'eut Grimaldi d'embarquer les hommes de Pic-
cinino sur ses galères, puis empêcher par une habile manœuvre
nautique l'amiral ennemi d'en faire autant.

Le combat de Crémone fut un des plus meurtriers du moyen
âge (mai 1431). Les Vénitiens y perdirent vingt huit grands navires, quarante deux navires légers, huit mille hommes, et un
immense attirail de guerre.

Note 40 (page 317).

Ces strophes patriotiques furent publiées le 1 janvier 1871
et offertes à ses abonnés, comme cartes du jour de l'an, par le
PHARE DU LITTORAL de Nice. Le PHARE était alors le journal
quotidien le plus répandu des Alpes-maritimes. Le tirage du
numéro ainsi poétisé fut poussé à un très grand nombre
d'exemplaires.

ERRATUMS

(Comme on dit des factums, des albums, des géraniums, etc)

—

Page 110, v 6, Lisez :

Ce gentil été de novembre
Tempéré par les premiers froids

Page 176, v 12, Lisez :

Des milliers d'étoiles palissent

Page 253, v 6, Lisez :

Aux longs vitraux resplendissants

—

De plus, je pense que l'université de France devrait avoir une grammaire et un dictionnaire universitaires.

TABLE GÉNÉRALE

—

TABLE GÉNÉRALE

www.ingramcontent.com/pod-product-compliance
Lightning Source LLC
Chambersburg PA
CBHW050147030726
47505CB00005B/1274